W9-BEG-789

罗尔德·达尔

Roald Dahl

玛蒂尔达

刘海栖／主编

［英］罗尔德·达尔／著

［英］昆廷·布莱克／绘

任溶溶／译

明天出版社

图书在版编目（CIP）数据

玛蒂尔达／［英］达尔（Dahl,R.）著；任溶溶译.－济南：明天出版社，2009.3（2010.9重印）
（罗尔德·达尔作品典藏）
ISBN 978-7-5332-5953-2

Ⅰ.玛… Ⅱ.①达…②任… Ⅲ.童话－英国－现代 Ⅳ.I561.88

中国版本图书馆CIP数据核字（2009）第0001346号

责任编辑：刘 蕾 王 彬
美术编辑：于 洁

玛蒂尔达 罗尔德·达尔作品典藏

［英］罗尔德·达尔／著 ［英］昆廷·布莱克／绘 任溶溶／译

出版人／胡 鹏
出版发行／明天出版社 地址／山东省济南市胜利大街39号

http://www.sdpress.com.cn http://www.tomorrowpub.com
经销／各地新华书店 印刷／山东临沂新华印刷物流集团有限责任公司
版次／2009年3月第1版 印次／2010年9月第2次印刷
规格／148×202毫米 32开 印张／8.625 千字／92
ISBN 978-7-5332-5953-2 定价：18.00元
山东省著作权合同登记号：图字15-2008-109号

人物介绍

玛蒂尔达

迈克尔

亨尼小姐

布鲁斯·博格特罗特

沃姆伍德先生和太太

特朗奇布尔小姐

阿曼达·思里普

目 录

一个小读者

做爸爸妈妈的有一件事情很滑稽，即使他们的孩子是你所能想象出来的最讨厌的小脓包，他们仍旧认为他或者她很了不起。

有些爸爸妈妈还要更进一步。他们爱孩子爱到了那么盲目的地步，竟认定他们的孩子天生就是天才。

不过这一切都没有什么不对的。世界上的事情就是这样的。当爸爸妈妈们当着我们的面，吹嘘起他们那令人讨厌的孩子如何才华横溢时，我们就会忍不住要叫出来："快给我们拿个盆来，我们要吐了！"

学校老师由于不得不听自鸣得意的爸爸妈妈们这种蠢话而苦不堪言，但是到了学期结束写报告单时，他们通常可以得到报偿。如果我是老师，我准会把这些一味受爸爸妈妈们溺爱的孩子痛痛快快地挖苦一通。“你们的儿子马克希米利安，”我会写道，“完全是个废物。当他离开学校的时候，我希望你们是自己开店的，可以让他进去混混日子，因为他不管到哪里，都绝对找不到工作的。”如果那天我正好诗情勃发，我还可能这么写：“虽说稀奇，却是事实，蚱

蜢在腹部两边还有听觉器官。而你们的女儿凡尼萨，从她本学期的学习成绩看，她连听觉器官都没有。”

我甚至还会更深地钻到生物学里去说：“周期性的蝉先是幼虫，在地底下过六年，会成为一只接受阳光和空气的自由生物，以后，顶多只活六天。你们的儿子威尔弗雷德

像一条幼虫在本校已经度过了六年，而我们还在等着，不知道他什么时候可以脱离虫茧。”一个特别令人讨厌的小姑娘可能让我会这么说：“菲奥娜像一座冰山那样晶亮好看，

但是和冰山不同，在表面下她绝对一无所有。”在学期结束为我班那些淘气精写报告单时，我想我可以得到很大的乐趣。但是到此为止吧，我们得继续讲故事。

有时候也会碰到截然相反的爸爸妈妈，他们对自己的子女漠不关心，这种父母比那些溺爱孩子的爸爸妈妈还要糟糕得多。沃姆伍德先生和太太就是这样一对父母。他们有个儿子叫迈克尔，有个女儿叫玛蒂尔达。他们简直就把这个玛蒂尔达看作是伤口愈合时结的痂。痂这玩意儿你只好先留着，时候一到，你就可以把它剥下来扔掉。沃姆伍德先生和太太就等着这个时刻的到来，好把他们这个小女儿像痂那样剥下来扔掉，最好扔到另一个国家去，甚至扔得更远一点。

爸爸妈妈们把平凡的孩子看作痂或脚上的鸡眼皮，这本来就够糟的了，但那个孩子要是不平凡，我的意思是，又聪明伶俐又才华横溢，那就更是糟上加糟。玛蒂尔达正是

既聪明伶俐又才华横溢，主要是才华横溢。她的脑子是那么灵，学东西是那么快，她的才能即使对于最愚蠢的爸爸妈妈来说也是显而易见的。但是沃姆伍德先生和太太这一对过于愚昧的夫妇,只局限在他们自己无聊的渺小世界里，丝毫没有注意到女儿的不平凡之处。说实在的，我怀疑她万一断了一条腿爬回家，他们也不会注意到的。

玛蒂尔达的哥哥迈克尔是个完全正常的孩子，可是他的这个妹妹，正如我说的，有些事情会让你目瞪口呆。一岁半她就完全能说会道，懂得的词汇和大人一样多。可她的爸爸妈妈不是称赞她,却说她是个叽叽喳喳的多嘴丫头，

还狠狠地告诉她，小姑娘都应该是看得见人而听不到声音的。

三岁时，玛蒂尔达已经自己学会阅读家里的报纸杂志了。到四岁，她已经读得又快又流利了，自然开始渴望读书了。但在这个有知识的家庭里，仅有的一本书就是她妈妈的《简易食谱》。等到她把这本书从头到尾读到滚瓜烂熟，背出了书中所有的菜谱以后，她决定要读些更有趣的东西。

“爸爸，”她说，“你看你能给我买本书吗？”

“买本书？”他说，“你要一本荒唐的书干吗？”

“拿来读啊，爸爸。”

“天啊，电视机还不够？我们有一个漂亮的十二英寸电视机，你却要我买一本书！你给宠坏了，我的小丫头！”

除了星期六、星期日，玛蒂尔达几乎天天一个人给丢在家里。她的哥哥(比她大五岁)去上学，她的爸爸去办公，她的妈妈到八英里以外的城里去玩宾戈[①]。沃姆伍德太太迷上了宾戈，一个星期要去玩五个下午。爸爸拒绝给玛蒂尔达买书的那天，她下午一个人去了村里的公共图书馆。到了那里，她找图书馆管理员费尔普斯太太，问她能不能坐一会儿读本书。费尔普斯太太看到这么小一个女孩，没有爸爸妈妈陪着就来了，不禁有点吃惊，不过她说很欢迎她到图书馆来。

“请问儿童书在哪里？”玛蒂尔达问她。

“在那边，矮的书架上。”费尔普斯太太告诉她，“要我帮你找一本好看的图画书吗？”

“不要，谢谢你，”玛蒂尔达说，“我想我自己能找到。”

从此每天下午妈妈一去玩宾戈，玛蒂尔达就到图书馆去。路上只要走十分钟，因此她足足有两个小时可以一个

①宾戈是一种赌博游戏。

人静静地坐在舒服的角落里，一本又一本地埋头读书，直到她把那里的儿童书一本本读完，又开始走来走去找别的书。

费尔普斯太太几个星期来一直着迷地注意着玛蒂尔达，这时她从写字桌旁边站起来，走到玛蒂尔达身边。“我能帮你什么忙吗，玛蒂尔达？”她问道。

“我不知道接下来读什么好，”玛蒂尔达说，“所有的儿童书我都读完了。”

“你是说，你把图画书都看完了？”

“是的，不过我同时把书里的字也读完了。”

高大的费尔普斯太太低下头来看着玛蒂尔达，玛蒂尔达也仰起头来回望着她。

“我觉得有些书写得很差劲，”玛蒂尔达说，“但有些书很好看。我最喜欢《秘密花园》，它充满了秘密，锁着的门后面的那个房间的秘密，还有大墙后面那个花园的秘密。”费尔普斯太太大吃一惊。“你到底几岁了，玛蒂尔达？”她问她。

“四岁零三个月。”玛蒂尔达答道。

费尔普斯太太更吃惊了，但她理智地没有流露出来。“你接下来想读什么书呢？”她问道。

玛蒂尔达说：“我想读一本真正好的大人书，一本有名的。可我什么书名也不知道。”费尔普斯太太顺着书架看过去，她不知道抽哪一本好。她在心里问自己，怎么给一个四岁女孩挑选一本出名的大人书呢？她起先想抽出一本少女小说，写给十五岁的女学生看的，但她想了想，却本能地离开了那个放这类书的书架。

“试试这一本吧，”她最后说，“这本书非常出名，也非常好。如果你觉得太长，就告诉我，我可以找本短点儿也浅点儿的。”

“《远大前程》①，”玛蒂尔达念道，“查尔斯·狄更斯著。我很高兴读读看。”

费尔普斯太太心里说：我一定疯了。但是她对玛蒂尔达说：“当然，你可以读读看。”接下来几个下午，费尔普斯太太的眼睛几乎没有离开过这个小女孩，她坐在房间远远一头的一张大扶手椅上，膝上放着那本书，读了一个钟

①根据这本小说拍成的电影电视译作《孤星血泪》。

头又一个钟头。她得把书放在膝盖上，因为她拿起来读太沉了，这也就是说，她得把身体伸出来读这本书。真是看着都稀奇：这个黑头发小家伙坐在那里，两只小脚连地板也碰不到，完全沉浸在皮普·哈维沙姆小姐的奇妙故事和她那幢挂满蜘蛛网的房子里，被伟大的讲故事能手狄更斯用他那些字句织成的魔力所迷住。这位小读者的唯一动作

就是不时举起手来翻一页。费尔普斯太太总是感到很抱歉，时间到了，她不得不走过去对她说："已经是四点五十分了，玛蒂尔达。"

在玛蒂尔达第一个星期来看书时，费尔普斯太太曾经问过她："你妈妈每天送你到这里来，然后又来接你回家吗？"

"我妈妈每天下午去艾尔斯伯里玩宾戈，"玛蒂尔达回答说，"她不知道我上这里来。"

"这可是不对的，"费尔普斯太太说，"我想你最好先问问她。"

"我还是不问的好，"玛蒂尔达说，"她不要我读书，我爸爸也不要。"

"那么他们要你每天下午在空房子里做什么呢？"

"就是在周围闲逛和看电视。"

"我明白了。"

"我做什么我妈妈一点也不管。"玛蒂尔达有点难过地说。

费尔普斯太太担心这孩子在村里车辆相当多的大街上

走和过马路不安全，但她决定不去管这件事。

一个星期，玛蒂尔达就把《远大前程》看完了，这本书的这一个版本足有四百一十一页。“我喜欢这本书，”她对费尔普斯太太说，“这位狄更斯先生还写过什么别的书吗？”

“他写的书多了，”吃惊的费尔普斯太太说，“要我给你再挑一本吗？”

接下来的六个月，在费尔普斯太太关注和惊讶的目光中，玛蒂尔达一共读了下列这些书：

查尔斯·狄更斯：《尼古拉斯·尼克尔贝》

查尔斯·狄更斯：《奥利弗·特威斯特》

夏洛蒂·勃朗特：《简·爱》

简·奥斯汀：《傲慢与偏见》

托马斯·哈代：《德伯家的苔丝》

玛丽·韦布：《躲入洞内》

拉迪亚德·吉卜林：《吉姆》

H·G·威尔斯：《隐身人》

欧内斯特·海明威：《老人与海》

威廉·福克纳：《声音与疯狂》

约翰·斯坦贝克：《愤怒的葡萄》

J·B·普里斯特利：《好伙伴》

格雷厄姆·格林：《布赖顿硬糖》

乔治·奥威尔：《兽园》

这是一份惊人的书目，费尔普斯太太充满了惊奇和兴奋。但这也许是件好事，她没有让自己被这件事完全冲昏头脑。换成别人，几乎都会被这小家伙所做到的事引得大嚷大叫，把这新闻传遍全村，甚至传到村外去的，可费尔普斯太太没有这样。她是一位关心自己的工作的人，而且早就发现了一个道理：不要去干预别人家的孩子。

“海明威先生说了许多我不明白的话，”玛蒂尔达对她说，“特别是关于男人和女人的事情。但是我还是喜欢他的书，他说得就像我正好在场，看到了整件事情的经过。”

“一个好作家总会让你产生这样的感觉，”费尔普斯太太说，“那些不明白的地方你不必去管它。你就坐着让那些

字句在你头脑里荡漾，像听音乐一样。”

“我就这么办，我一定这么办。”

“你知道吗？”费尔普斯太太说，“像我们这样的公共图书馆，书是可以借回家去看的。”

“我不知道，”玛蒂尔达说，“那我可以借吗？”

“当然可以，”费尔普斯太太说，“你选定了要借的书，就来告诉我好了。我记下来，你可以借回去两星期。如果你希望多借，还可以借不止一本。”

从此以后，玛蒂尔达一星期只去一次图书馆，借新书，

还旧书。她自己的小卧室现在成了她的读书室，大部分下午时间她坐在里面读书，旁边常常放着一杯巧克力。她还不够高，够不到厨房里的东西，但是她在外屋有一个小箱子，是她搬进去放在那里的，这样她要什么就可以在里面拿什么。她通常做热巧克力喝，先把牛奶倒进锅里，放在炉子上煮热，然后加上可可。有时候她冲牛肉汁和阿华田。下午家里没有人，把一杯热饮料拿到自己的卧室里放在身边，在静悄悄的卧室里坐着读书，这实在再愉快不过了。书把她带进新的天地，向她介绍着激动人心的生活、使人惊奇的人物。她和约瑟夫·康拉德①一起驾着老式船去航行，她和欧内斯特·海明威一起去非洲，和拉迪亚德·吉卜林一起去印度。她人坐在英国乡村的小房间里，心却在周游世界。

①约瑟夫·康拉德（1857–1924），英国小说家。他的小说大多写航海生活。

大汽车商沃姆伍德先生

玛蒂尔达的爸爸妈妈拥有一座十分漂亮的房子，楼上有三间卧室，楼下有一间餐厅、一间客厅和一间厨房。她的爸爸是倒卖旧汽车的，看来生意做得很不错。

“木屑，”他会得意地说，“是我成功的重大秘密之一。得到木屑我不用花钱，我免费从锯木厂拿到它。”

“你用它来做什么呢？”玛蒂尔达问他。

“哈！”爸爸说，“你想知道吗？”

“我看不出木屑能帮你卖掉旧汽车，爸爸。”

“那是因为你是个无知的小捣蛋。”爸爸说。他说话从来不客气，不过玛蒂尔达也听习惯了。她还知道他喜欢自吹自擂，她会逗他厚颜无耻地说下去。

“你能不花钱就把东西弄到手，你一定非常聪明，”她说，“我希望我也能做到。”

“你做不到的，”爸爸说，“你太笨了。但是我不妨在这里告诉小迈克尔，因为他将来要跟着我做这行生意。”他不理睬玛蒂尔达，却向他的儿子转过脸去，说：“碰到有些傻瓜把齿轮弄坏了，一个劲儿嚓嚓响，这种车我一向喜欢买。不费多少钱我就能把它弄到手。买来以后，我只要在齿轮箱里放进大量木屑，和机油搅拌起来，车子就又能平平滑滑地跑起来啦。”

“它跑多远才嚓嚓响呢？”玛蒂尔达问他。

“足够买主开相当远的，”爸爸咧开嘴笑着说，“大约一百英里。”

“这可是不老实的，爸爸，”玛蒂尔达最后说，“这是骗人。”

“老实人没有一个发财的，”爸爸说，“顾客就是要让人来骗的。”

沃姆伍德先生个子小，老鼠脸，前面的牙齿从几根老鼠胡子底下拱出来。他爱穿鲜艳的大方格上衣，打的领带不是黄的就是淡绿的。“现在拿里程来说吧，”他说下去，“买旧汽车的人首先想知道的，就是它已经走过多少路了，对吗？”

“对。”儿子说。

“比方我买进了一辆旧垃圾车，里程表上记着它已经走过十五万英里，买进来很便宜。但它走了那么多路，谁会买呢？现在我们已经不能像十年前那样可以把里程表拿出来，让数字倒回去。不行了，它们如今都是装死的，没有办法改数字，除非你是一个技术高超的钟表匠什么的。那我怎么办呢？我动我的脑筋，好小子，我就是这么办的。”

“怎么动你的脑筋呢？”小迈克尔着了迷似的问道。他看来遗传了他爸爸那种喜欢做坏事的脾气。

“我坐下来对自己说，我怎么能不拆开里程表而把上面的十五万英里改成只有几万英里呢？如果我把汽车倒开五万英里，这显然可以做到。数字会倒退，对吗？但谁会把一辆老爷车倒开五万英里呢？这样做不行！”

“这当然不行。”小迈克尔说。

“因此我抓我的脑袋，”爸爸说，“我动我的脑筋。如果你天生有我这么好的脑筋，就得动它。忽然之间，答案来了。我告诉你，我这种感觉和发现盘尼西林的聪明人有过的感觉一定一模一样。‘万岁！’我叫道，‘我想出办法来了！’”

“你是怎么办的，爸爸？”儿子问他。

“里程表走字，”沃姆伍德先生说，“是由于有一根钢丝绳连接在一个前轮上，因此我首先切断连接着前轮的钢丝绳，然后我弄来一个高速电钻，把它接到钢丝绳头上。这样，电钻一转，就带动钢丝绳向后转。你听明白了吗？我说的话你跟得上吗？”

“是的，爸爸。”小迈克尔说。

“这电钻是以惊人的速度旋转的，”爸爸说，“因此，我一开电钻，里程表的英里数字也就以惊人的速度向后退。用这高速电钻，几分钟我就能让里程表减少几万英里。等到我关上电钻，汽车只走过一万英里，可以出售了。‘它几乎是新的，’我对顾客说，‘走了还不到一万英里。它原先是一位老太太的，她一星期只用一次，开车去买买东西。’”

“你真能用电钻使里程表倒退吗？”小迈克尔问。

“我在告诉你做生意的秘密，”爸爸说，“因此你对谁也不能说。你不想叫我坐牢，对吗？”

“我对谁也不说，”儿子说，“许多汽车你都是这么干的吗，爸爸？”

“每一辆经我手的汽车都这么处理过，”爸爸说，“在它们出售以前，走的里程都减到了一万英里以下。想想吧，这都是我自己发明的。”随后，他得意洋洋地加上一句，“这已经使我赚了不少钱。”

一直在旁边侧耳听着的玛蒂尔达说：“不过爸爸，这甚

至比木屑更加不老实，这叫人讨厌。你在欺骗信任你的人。”

“如果你不喜欢这样做，你就别吃这家里的饭！”爸爸说，“饭是用赚来的钱买的。”

“那是肮脏的钱，”玛蒂尔达说，“我恨它。”两个红晕出现在爸爸的脸颊上，“你以为你是什么东西，”他大叫道，

"是坎特伯雷的大主教还是什么人，竟敢教训我要老实？你只是一个无知的小废物！"

"一点不错，哈里。"妈妈说。她对玛蒂尔达说："你这样跟爸爸说话太不要脸了。现在闭上你的臭嘴，让我们大家能安安静静地看电视。"

他们在客厅里正坐在电视机前，把晚饭放在膝盖上一边吃一边看。这是顿电视晚饭，用有点软的铝制餐盘装着，一格格分别放着焖肉、煮土豆和豌豆。沃姆伍德太太坐在那里，正大声地吧嗒吧嗒嚼着她嘴里的菜，眼睛盯住屏幕上的美国肥皂电视剧看。她是个大块头，头发染成了淡金黄色，只在头发根上可以看到点刚长出来的鼠褐色头发。她浓妆艳抹，衣服紧紧地包着身体，只可惜体形太胖，浑身的肉好像束住了，以免掉下来。

“妈妈，”玛蒂尔达说，“我到餐厅去吃晚饭，同时可以看看书，你不介意吧？”

爸爸猛地抬起头来。“我介意！”他很凶地说，“吃晚饭要全家在一起，没吃完谁也不能离开桌子！”

“可我们不在桌子旁边，”玛蒂尔达说，“我们从来不坐在桌子旁边。我们总是把食物放在膝盖上一边吃一边看电

视。”

“请问看电视又有什么不对啦？”爸爸说。他的声音已经一下子变得温柔而危险了。

玛蒂尔达不敢回答他，于是不再说话。她可以感觉到自己心里在怒火中烧。她知道这样恨爸爸妈妈是不对的，但她觉得很难不恨他们。她读到的那些书给了她一种他们从不知道的人生观。只要他们能读一点狄更斯或者吉卜林的书，他们就会马上发现生活不光是骗人和看电视了。

还有一点,她对于老是被人说成无知和愚蠢感到生气，因为她知道自己既不无知也不愚蠢。她怒火中烧，越烧越旺，越烧越旺。那天晚上她躺在床上拿定了一个主意。她决定如果她的爸爸或者妈妈再对她蛮横无理，她就要设法回敬他们。一两个小胜利会帮助她忍受他们白痴一样的行为，并且可以使她不至于发疯。必须记住，她还不到五岁，对于这么小的孩子,要对抗全能的大人而赢分是不容易的。尽管如此，她决定干。那天晚上在电视机前发生了那件事以后，她的爸爸在她的名单中排在第一名。

帽子和超级胶

第二天早晨，就在爸爸去他那家倒卖旧汽车的汽车行之前，玛蒂尔达溜进了衣帽间，弄到了他每天出去时要戴的帽子。她踮起脚尖，把手杖尽可能往高处举，去钩衣钩上的帽子，即使这样，她也只是勉勉强强够得到，但她总算把帽子从衣钩上钩下来了。这是一顶卷边低平顶帽子，帽箍上插着一根樫鸟羽毛。沃姆伍德先生为这顶帽子感到十分自豪，他认为戴上它有一种花花公子的泼皮神气，特别是歪戴一点，再配上鲜艳的格子上衣，打上一条绿领带。

玛蒂尔达一只手拿着帽子，一只手拿着细长的一管超级胶，在帽子里面的皮圈上整整齐齐地挤上一圈，然后她用手杖把帽子重新挂回衣钩上。她十分仔细地算准行动时间，就在爸爸从早餐桌上站起来的时候，她去把胶挤上了。

沃姆伍德先生戴上帽子时什么也没有留意，但是到了汽车行，帽子怎么也脱不下来了。超级胶粘得非常牢，要

是拉得太用力，连头皮也会拉掉。沃姆伍德先生不愿拉掉头发，只好整天戴着帽子，连把木屑放进齿轮箱和用电钻改变汽车里程的时候也戴着。为了顾全面子，他装出一副随随便便的样子，好让他的伙计以为他是为了好玩存心整天戴着他那顶帽子的，就像电影里的匪徒那样。

那天晚上他回到家，帽子还是脱不掉。“别傻了，”他的太太说，“过来，我给你脱。”

她把帽子狠狠地往上一拉，沃姆伍德先生发出一声号叫，连窗玻璃都乒乒乓乓响起来了。“噢——噢——噢！”他尖叫道，“不要拉！快放手！你要把我前面半块头皮剥下

来了！”

玛蒂尔达蜷缩在她常坐的椅子上，目光越过她正在读的那本书，很有兴趣地看着这场戏。

“什么事啊，爸爸？”她说，“是你的头一下子胀大了，还是怎么的？”

爸爸用怀疑的眼光看看女儿，但是什么话也没有说。他能说什么呢？沃姆伍德太太对他说：“一定是超级胶，不可能是别的东西。这可以教训你以后别摆弄这种脏东西。我想你是要在你那顶帽子上再粘一根羽毛。”

“我根本就没有碰过那该死的东西！”沃姆伍德叫道。他转过脸又看看玛蒂尔达，她正用天真无邪的棕色大眼睛回看着他。

沃姆伍德太太对他说："在你动危险的东西之前，先要看看管子上的说明，永远要照上面的说明做。"

"你都在胡说些什么呀，你这愚蠢的女巫！"沃姆伍德先生叫道，抓住帽边不让她再拉帽子，"你以为我会笨到存心把这玩意儿粘到我的头上去吗？"

玛蒂尔达说："路那头有个孩子，他的手指上有些超级胶，可是后来他把手指放到鼻子里去了。"

沃姆伍德先生跳起来。"接着他出什么事啦？"他唾沫四溅地问。

“手指粘在鼻子里面了。”玛蒂尔达说，“整整一个星期，他就只好这个样子走来走去。人们一个劲儿对他说：‘不要挖鼻孔！’可是他毫无办法。他那副模样看上去真像一个大傻瓜。”

“这是他活该。”沃姆伍德太太说，“首先他就不该把手指伸到那里去，这是个肮脏的习惯。如果在所有孩子的手指上放点超级胶，他们很快就都不会这样做了。”

玛蒂尔达说：“大人也有这样做的，妈妈，我就看见你昨天在厨房里这样做。”

“你说够了吗？”沃姆伍德太太大叫着，脸都红了。

沃姆伍德先生只好一直戴着帽子在电视机前吃完他那顿晚饭。他一句话不说，看着非常可笑。

上床时他又想把帽子脱掉，他太太也希望如此，但是帽子一动也不动。“我怎么去淋浴呢？”他问。

“你只好不淋浴了。”他的太太对他说。过了一会儿，她看着她皮包骨头的小个子丈夫穿着他那身紫色条子睡衣，戴着他那顶卷边低平顶帽子在卧室里偷偷摸摸地走路，心想他那副样子多么傻。她对自己说，这种男人是妻子做梦

也想不到的。

沃姆伍德先生发现头上永远戴着帽子，最糟糕的事莫过于睡觉了，这样在枕头上怎么也躺不舒服。“现在别再动来动去了。”在他翻来覆去折腾了差不多一个钟头以后，他的太太对他说，“我想到了早晨帽子也许会松开，很容易就自动脱落了。”

但是到了第二天早晨，帽子还是没有松开脱落下来。于是沃姆伍德太太拿来一把剪刀，一点一点把他头上的帽子剪去，先是剪帽顶，接下来剪帽边。帽子里面的皮圈团

团地粘住了他的头发，她只好把头发一直剪到头皮，因此到头来，他的头光光地秃了一圈，像个修道士。前面皮圈直接粘在头皮上，那里的棕色皮子乱七八糟地全留下了，怎么擦怎么洗也弄不掉。

吃早饭的时候玛蒂尔达对他说:“你必须想办法把你脑门上那些东西弄掉，爸爸。看起来像是棕色的小虫子在你头上到处乱爬。人们会以为你长了虱子的。”

“别说话！”爸爸很凶地说，“给我闭上你的臭嘴！”

总而言之，这是一个最叫人满意的练习。但如果希望这样就能给她的爸爸一个永远忘不了的教训，那确实是希望过高了。

鬼

在超级胶事件以后，沃姆伍德家相对安静了大约一星期。这个练习显然灭了沃姆伍德先生的威风，他似乎暂时失去了他那种自吹自擂和恨天恨地的乐趣。

没过多久，他的老毛病忽然又发作了。也许是他在汽车行里不顺心，没有卖掉足够的破烂汽车。是会有许多事情使一个男人在晚上下班回来时发脾气的，敏感的妻子通常总是注意到那种暴风雨快到时的征兆，不理他，让他一个人去，直到他的火气平息下来。

那天晚上沃姆伍德先生从汽车行回家就是这副样子，脸黑得像乌云，一看就知道他很快就要火冒三丈了。他的太太立刻认出这种信号，十分害怕。沃姆伍德先生大踏步走进客厅。玛蒂尔达正好缩着身体坐在墙角的一把扶手椅上，读书读得入了迷。沃姆伍德先生打开电视机，屏幕亮了，哇啦哇啦地响起来。沃姆伍德先生看看玛蒂尔达，她

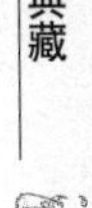

一动也没有动。她现在已经锻炼出来了，塞住她的耳朵不去听那可怕的箱子发出来的可怕声音。她继续读她的书，这一来更使她的爸爸发火了。更令他感到生气的，也许是因为看到她竟从他不知道的什么东西中得到了乐趣。

“你读书从来不停一下吗？”他狠狠地对她说。

“噢，你好，爸爸，”她快活地说，“你今天过得好吗？”

“这是什么废物？”他说着把她手里的书抢了过去。

“这不是废物，爸爸，它很好看的，它叫《红马驹》，是美国作家约翰·斯坦贝克写的。你为什么不也读一读呢？你会喜欢这本书的。”

“下流东西，”沃姆伍德先生说，“只要是美国人写的就准下流，他们写的都是这类货色。”

“不，爸爸，它很美，真的很美。它写的是……”

“我不想知道它写什么。”沃姆伍德先生咆哮道，“反正我讨厌你读书。你去给自己找点有用的事情做做吧。”说时迟那时快，真是突然得可怕，他开始一把一把地把书页扯下来，扔到字纸篓里去。

玛蒂尔达吓得呆住了。爸爸一个劲儿地撕书，毫无疑问，他是在妒忌。“她竟敢读书。”他似乎每撕一把就对自己说一遍，他不读书，她怎么敢津津有味地读书？

“那是图书馆的书！”玛蒂尔达叫道，“它不是我的！我要把它还给费尔普斯太太的！”

“那么你还得另外买一本去赔，对吗？”爸爸还在撕，一面撕一面说，“那么你得省下零用钱了，直到小猫存钱罐里的钱够你另外买一本新的，拿去还给你那位尊敬的费尔普斯太太，对吗？”说着他已经把书页撕光了，把剩下的封面封底也扔进字纸篓，大踏步走出房间，让电视机哇啦

哇啦地响着。

大多数孩子要是处在玛蒂尔达的位置准会泪如雨下，号啕大哭。但是玛蒂尔达不哭，她十分安静地坐在那里，面色苍白，在动脑筋。她好像知道，哇哇大哭也好，发脾气也好，什么用处也没有。受到攻击的唯一明智的办法，正

如拿破仑有一次说过的，就是反击。玛蒂尔达极其机灵的脑子已经又在动了，她在想另一个对她恶毒的爸爸合适的惩罚。这个如今开始在她心中酝酿的计划看全一点，就是弗雷德的鹦鹉是不是真像弗雷德所说的那样会说话。

弗雷德是玛蒂尔达的朋友。他是个六岁的小男孩，就住在她家路口那里。他一直在谈他爸爸给他的这只说话大师鹦鹉，已经有好些日子了。

因此第二天下午，沃姆伍德太太一上汽车又去玩宾戈了，玛蒂尔达就上弗雷德家去打听。她敲门问他能不能让她看看这只大名鼎鼎的鹦鹉。弗雷德听了很得意，就带她上楼去他的卧室，那里的确有只真正出色的蓝夹黄的鹦鹉蹲在一个高鸟笼里。

“就是它，”弗雷德说，“它的名字叫‘伐木者’。”

“你叫它说话吧。”玛蒂尔达说。

“你不能叫它说话，”弗雷德说，“你得耐心等。到它高兴说话的时候它会说的。”

他们于是待在旁边等着。鹦鹉忽然说起来了：“你好，你好，你好。”完全是人的声音。玛蒂尔达说：“真惊人！

它还会说什么？”

“我的骨头格格响！”鹦鹉说，学鬼怪的声音像极了，“我的骨头格格响！”

“它老说这句话。”弗雷德告诉她。

“它还会说什么吗？”玛蒂尔达问道。

“就这些了，”弗雷德说，“不过这已经很了不起啦，你说不是吗？”

“非常了不起！”玛蒂尔达说，“你可以把它借给我吗，就一个晚上？”

“不行，”弗雷德说，“当然不行。”

“我把我下星期的零用钱都给你。”玛蒂尔达说。

“那又另当别论了。”弗雷德想了几秒钟，“那好吧，”他说，“只要你保证明天还给我。”

玛蒂尔达两手捧着那高高的鸟笼，摇摇晃晃地回到空无一人的家里。餐厅里有个大壁炉，她动手把鸟笼塞进嵌在壁炉上面的烟囱里，不让人看见。这件事不太好办，可是她终于办成了。

“你好，你好，你好！”鹦鹉在壁炉里面对她叫，“你

好，你好！”

“闭嘴，你这傻瓜！”玛蒂尔达说着，出去洗掉手上的煤灰。

那天晚上，当妈妈、爸爸、哥哥和玛蒂尔达照常在客厅里坐在电视机前面吃晚饭的时候，一个声音又响亮又清楚地从餐厅里传过门厅，“你好，你好，你好！”

“哈里！”妈妈叫起来，脸都白了，“屋里有人！我听见有人在说话！”

“我也听到了！”哥哥说。

玛蒂尔达猛地跳起来，关掉了电视机。“嘘——”她说，“仔细听着！”

他们全都停止吃饭，紧张地坐在那里竖起了耳朵听。

“你好，你好，你好！”那声音又来了。

“它来了！”哥哥叫道。

“是小偷！”妈妈颤抖着说，“他们在餐厅里！”

“我想是的。”爸爸僵坐着说。

“那你去捉住他们，哈里！”妈妈还是颤抖着说，“你出去当场捉住他们！”

爸爸一动不动。他好像一点不急于冲出去当个英雄。他的脸变灰了。

“去吧！”妈妈颤抖着说，“他们可能在偷银餐具！”

她的丈夫用餐巾紧张地擦着嘴唇。“为什么不是我们大家一起去看呢？”他说。

“那么来吧，”哥哥说，“来吧，妈妈。”

“他们百分之一百在餐厅里，”玛蒂尔达悄悄地说，“我断定他们在那里。”

妈妈从壁炉那里抓起一根拨火棒；爸爸拿起墙角一根高尔夫球棒；哥哥从插座拔出插头，抓起一盏台灯；玛蒂尔达拿着正在吃饭用的餐刀，他们四个向餐厅悄悄走去，爸爸稳当地走在其他人后面。

“你好，你好，你好。”那声音又来了。

“来吧！”玛蒂尔达一声大叫，高举她的餐刀，带头冲进房间。“把双手举起来！”她哇哇叫道，“我们已经捉住你了！”其他人晃动着各自的武器跟着她。接着他们停下来环顾整个房间，里面一个人也没有。

“房间里没有人。”爸爸大大松了口气说。

“我可是听见了他的声音的，哈里！”妈妈仍旧在发抖，尖叫着说，“我清清楚楚听见了他的声音！你也听见了！”

“我肯定听见了他的声音！”玛蒂尔达叫道，“他准在这里的什么地方！”她开始在沙发后面窗帘后面找。

接着那声音又来了，这一次温柔而古怪，“我的骨头格格响，”它说，“我的骨头格格响。”

所有的人跳了起来，包括玛蒂尔达在内，她是个挺好的演员。他们在房间里东看看西看看，里面还是没有人。

“是鬼。”玛蒂尔达说。

“老天爷保佑我们吧！”妈妈抱住她丈夫的脖子大叫。

“我知道是鬼！”玛蒂尔达说，“我以前在这里也听到

过它的声音！这房间有鬼！这件事我以为你们知道的。”

“救命啊！”妈妈尖声大叫，几乎都要把她的丈夫掐死了。

“我要离开这里。”爸爸说，这会儿他的脸色更白了。他们全都逃了出去，“咣”一声，用力关上了餐厅的门。

第二天下午，玛蒂尔达好不容易才把浑身是煤灰、大发脾气的鹦鹉从烟囱里拿了出来，悄悄地把它送走。她捧着它出了后门，一口气跑到了弗雷德家。

“它乖吗？”弗雷德问她。

“我们和它玩得真开心，”玛蒂尔达说，“我的爸爸妈妈很喜欢它。”

算 术

玛蒂尔达渴望她的爸爸妈妈又好又可爱，善解人意，老老实实并且有文化，但是他们一样也不是，这件事她只好认了。不过这也实在不好受，只是在他们每次对她粗暴不讲理时，她才想出新花样来惩罚他们中的一位，或者同时惩罚两位，这才使她勉强忍受得了这种生活。

玛蒂尔达个子小，岁数也小，她战胜家中任何人的唯一力量只有智力。由于绝顶聪明，她能够轻易地取胜。但事实依然是，任何一个五岁女孩总是只能乖乖地做要她做的事，即使吩咐她做的事十分愚蠢。正是这个缘故，她不得不在那可怕的箱子前面用电视晚餐盘子吃她的晚饭。一个星期有五个下午她得孤零零一个人待在家里，任何时候要她闭嘴她就得闭嘴。

唯一使她不致发疯的安全阀就是想出并且实施那些了不起的惩罚。有趣的是，它们看来都很成功，至少在短时

期内如此。在吃过一次玛蒂尔达的魔药以后，特别是爸爸，有好几天变得不那么神气活现和叫人受不了了。

鹦鹉放在烟囱里这事件，十分明显地使爸爸妈妈大为安静下来，有一个多星期他们对小女儿比较文明。可是天啊，这件事却不能持久。有一天晚上，沃姆伍德先生的老毛病又犯了。那天，沃姆伍德先生刚下班回家，玛蒂尔达和她哥哥正安静地坐在沙发上，等着他们的妈妈用托盘把电视晚饭端来。电视机还没有打开。

沃姆伍德先生穿着花哨的格子西装、打着黄色领带进来了。他那套西装的格子图案和可怕的黄绿颜色几乎使两位观众眼睛都看傻了。他看起来像是一个低级书商穿戴好了要去参加女儿的婚礼。这天晚上，他的心情显然不错，他在扶手椅上坐下，搓着双手，大声招呼他的儿子，“喂，我的乖仔，”他说，“你老子今天干得最成功了，他今晚比今早要阔多了。他卖了至少五辆汽车，而且每一辆都赚大钱。齿轮箱里放上木屑，用电钻转动里程表的钢丝绳，到处喷上点油漆，还要了几样聪明的小花招，那几个白痴全都抢着买了。”

他从衣袋里掏出一张纸来仔细看了看。“听我说，乖仔，”他对儿子说，根本无视玛蒂尔达的存在，“你总有一天要和我一起做这个生意，你必须知道在每天收工的时候怎样把利润加起来。你去拿纸和铅笔来，让我们看看你有多聪明。”

儿子乖乖地离开房间，拿来纸和铅笔。

“记下这些数字，”爸爸说着，读他那张纸上的东西，

“第一辆汽车，我二百七十八英镑买进，一千四百二十五英镑卖出。记下了吗？”

这个十岁男孩把两个数字慢慢地、小心地记下了。

“第二辆汽车，”爸爸说下去，“一百一十八英镑买进，七百六十英镑卖出。记下了吗？”

“记下来了，爸爸，”儿子说，“我都记下来了。”

“第三辆汽车，一百一十一英镑买进，九百九十九英镑五十便士卖出。”

“再说一遍吧，”儿子说，“多少钱卖出？”

“九百九十九英镑五十便士。”爸爸说，“再说，在这辆汽车上我又耍了另一个巧妙的小花招骗过了顾客。开价永远不要说一个完整的大数。总要说得比这个数小一丁点儿。

永远不要开价一千英镑，一定要说九百九十九英镑五十便士。听上去数目好像小得多，其实不然。很聪明，不是吗？”

“聪明极了，”儿子说，“你真了不起，爸爸。”

“第四辆汽车，八十六英镑买进——实在是辆破车，六百九十九英镑五十便士卖出。”

“别说得太快，”儿子一面写数字一面说，“好，写下来了。”

“第五辆汽车，六百三十五英镑买进，一千六百四十九英镑五十便士卖出。你把这些数字都写下来了吗，乖仔？”

“写下来了，爸爸。”儿子趴在他那张纸上仔细地写着说。

“很好，”爸爸说，“现在把我的五辆车中每辆汽车所赚的钱算出来，然后再加出个总数。这样你就能够告诉我，你这位出色的爸爸今天一共赚进多少钱了。”

“赚得真多。”儿子说。

“当然很多，”爸爸回答，“但是你要像我这样做大生意，你的算术就得很高明。我实际上有电子计算器在我的脑子里，不到十分钟我就能全算出来。”

“你是说你用你的脑子算吗，爸爸？”儿子瞪大了眼睛问道。

“这个嘛，也不全是，”爸爸说，“用脑子算没有人能做到。不过我算起来不用花很长时间。等你算完了，告诉我你算的我今天赚的钱数。我已经把总数写在这张纸上，如果你算得对，我会告诉你的。”

玛蒂尔达安静地说：“爸爸，你一共赚了四千三百零三英镑五十便士。”

“不要打岔，”爸爸说，“你哥哥和我正忙着算大数目呢。”

“不过，爸爸……”

"闭嘴！"爸爸说，"不要乱猜，装聪明。"

"看看你的答案吧，爸爸，"玛蒂尔达温和地说，"如果你算得对，总数应该是四千三百零三英镑五十便士。你的得数是这样的吗，爸爸？"

爸爸低头朝手中的纸看了一眼，他像是傻了。他安静下来，一阵沉默，接着他说："你再说一遍。"

"四千三百零三英镑五十便士。"玛蒂尔达说。

"我断定这错不了。"玛蒂尔达说。

"你……你这个小骗子！"爸爸忽然用他的一个手指指住她大叫，"你偷看了我这张纸！你是把我写在这上面的数

字说出来了！”

“爸爸，我可是在房间的另一头，”玛蒂尔达说，“我怎么会看见它呢？”

“别对我胡说八道了！”爸爸大叫，“你当然偷看过！你一定偷看了！世界上没有人能这么快就把正确答案说出来的，特别是一个小丫头！你是一个小骗子，小丫头，你正是这种东西！一个骗子！一个说谎大王！”

正在这时候，妈妈用大托盘把四份晚饭端进来。这一回又是炸鱼和炸土豆片，是沃姆伍德太太玩完宾戈以后，回家时在路上的炸鱼和炸土豆片店里买的。看起来，下午玩宾戈弄得她筋疲力尽，她再也没有力气做晚饭了。因此，如果不叫电视晚饭，那就得叫炸鱼和炸土豆片。“你的脸看

上去怎么这样红啊，哈里？”她把托盘在咖啡桌上放下来说。

“你的女儿是个骗子和说谎大王！”爸爸拿起他的一盆炸鱼，放在膝盖上说，“把电视机打开，我们不要再说话了。”

金发男人

在玛蒂尔达心中，她父亲这一次太可恶了，无疑应该受到严惩。她坐在那里吃着难吃的炸鱼和炸土豆片，眼睛对电视节目视而不见，脑子里却在想着各种可能的惩罚办法。到她上床时，她已经拿定了主意。

第二天早晨她一早起来，走进浴室锁上了门。我们已经知道，沃姆伍德太太的头发是染成亮光闪闪的淡金黄色的，和马戏班走索女演员紧身衣的亮光闪闪的银色差不多。她一年去美发室大染两次，但在平时，沃姆伍德太太大约一个月总要在洗脸盆的水里放上所谓的“特强金发染发水”，把头发染一下，使颜色保持鲜亮，同时也把发根上新长出来的难看的棕色头发染成金黄色。那瓶“特强金发染发水”放在浴室的小柜子里，在商标纸的名称底下还写着：特别小心，这染发水是过氧化物，万勿让儿童接近！这两句话玛蒂尔达入迷地读过许多次了。

玛蒂尔达的爸爸有一头漂亮的中分黑发，他一直为这头黑发感到自豪。“一头棒棒的一级头发，”他常说，“这说明它底下有一个棒棒的一级脑袋。”

“就像莎士比亚。”玛蒂尔达有一次对他说。

“像谁？”

“像莎士比亚，爸爸。”

“他很有脑筋吗？”

“非常有脑筋，爸爸。”

“他头发多吗？”

“他是个秃顶，爸爸。”

爸爸一听就火了，说：“如果你不会说有脑筋的话，你干脆闭嘴。”

沃姆伍德先生为了使他的头发看上去又亮又浓，每天早晨用一种叫“紫罗兰生发水”的东西擦头发。这瓶香喷喷的紫色生发水一直放在浴室洗脸盆上面的架子上，放在大家的牙刷旁边。他每天早晨刮完胡子就在头上洒这种生发水，用足力气做头皮按摩。他这样抓头发和按摩头皮的时候，总伴随着很响的哼哼声、沉重的呼吸声和叫声：“啊！啊！啊！舒服极了！用这玩意儿再好不过了！把它一直擦到发根上去！”这些声音，玛蒂尔达在她隔开走廊的卧室里都听得清清楚楚。

现在，玛蒂尔达一早走进浴室，把她爸爸那瓶生发水的盖旋开，将四分之三瓶生发水倒进下水道，接着用她妈妈的“特强金发染发水”把瓶子重新灌满。她先仔细地在瓶子里留下足够的她爸爸原来用的生发水，这样她灌进染发水以后，只要把瓶子用力地摇匀，整瓶东西看上去仍旧是原先的紫色。接着她把这瓶东西重新放回到洗脸盆上面的架子上，再小心地把妈妈的那瓶东西放回小柜子里。一切顺利。

吃早饭的时候，玛蒂尔达静静地坐在餐厅桌子旁边吃她的爆玉米花。她的哥哥坐在她对面，背对着房门，狼吞

虎咽地吃着大片大片抹花生酱和草莓酱的面包。妈妈正在厨房的一个角落里给沃姆伍德先生做早饭，看不到这里。沃姆伍德先生的早饭总是两只煎鸡蛋放在煎面包片上，再加上三根猪肉香肠、三片熏肉和一些煎番茄。

就在这时候，沃姆伍德先生吵吵嚷嚷地进餐厅来了。他进任何房间都不能安安静静的，在吃早饭时更是吵嚷。他总要发出很响的吵闹声使大家知道他正在大驾光临。几乎总是可以听到他说："是我！我来了，一位大人物，一家之长，赚钱的人，是我让你们大家能这么舒舒服服过日子的！注意我，对我要尊敬！"

这一回他也是这么大踏步地走进来，拍拍儿子的背，叫道："你好啊，我的乖仔，你爸爸有一个感觉，今天对汽车行来说准又是一个赚大钱的日子！我弄到了几辆漂亮的小汽车，今天早晨又可以卖给那些白痴了。我的早饭呢？"

"来了，亲爱的。"沃姆伍德太太在厨房里答应他。

玛蒂尔达把她的脸一直低低地垂在爆玉米花上面，她不敢抬起头来看。首先她说不准她将看到什么，其次如果看到她认为她不该看到的东西，她保证不了自己还能保持严肃的面孔。儿子却只管对着前面窗外看，一个劲儿地往嘴里塞抹了花生酱和草莓酱的面包。

爸爸刚绕过去在桌子一头的座位上坐下，妈妈就端着一大盘堆得高高的煎鸡蛋、香肠、熏肉和番茄从厨房里飘也似的出来了。她抬起头，一眼就看到她的丈夫。她一下子停下，呆呆地一动不动，接着发出一声尖叫，这声尖叫好像把她送上了空中。“吧嗒”一声，她手里的一大盘东西都掉到了地板上。所有的人都跳了起来，包括沃姆伍德先生。

“出什么事情啦？”他叫道，“瞧你弄得地毯上一塌糊涂！”

“你的头发！”妈妈用发着抖的手指指着她丈夫尖声叫道，“瞧你的头发！你看你的头发怎么啦？”

“天哪，我的头发怎么啦？”他说。

“噢，天哪，爸爸，你看你的头发怎么啦？”儿子也叫起来。

餐厅里一下子大吵大闹，真够瞧的。

玛蒂尔达一声不响，她只是坐在那里欣赏她自己的杰

作造成的惊人效果。沃姆伍德先生一头美丽的黑发如今变成了肮里肮脏的银色，那颜色活像走索姑娘的紧身衣穿了整整一季没有洗过一样。

“你……你把它……你把它染过了！”妈妈尖叫着说，“你为什么染它，你这个傻瓜！它看上去可怕极了！它看上去吓死人了！你的样子像一个怪物！”

“该死，你们都在说些什么？”爸爸用两只手抱住头发叫道，“千真万确我没有染过！你们说我染了头发是什么意思？它怎么啦？是在跟我开什么愚蠢的玩笑吧？”他的脸色发青，像酸苹果的颜色。

“你一定把它染过了，爸爸，”儿子说，“它的颜色和妈妈的头发颜色一样，只是看上去脏得多。”

“还用说，他当然染过了！”妈妈叫嚷着，“头发不会自己变颜色的！天哪，你这是想干什么呀，要漂亮还是怎么的？你看上去像什么人发了疯的祖母！”

“给我拿面镜子来！”爸爸叫道，“别光站在那里对我大喊大叫！给我拿面镜子来！”

桌子另一头的椅子上放着妈妈的手提包。她打开手提包拿出一个粉盒，里面盖子上有一面小圆镜。她打开粉盒递给丈夫，他一把抢过来端到自己面前，结果大部分香粉都洒到了他花哨的花呢上衣的胸前。

“小心！”妈妈尖叫道，“现在你看看你干了什么好事！那是我最好的伊丽莎白·阿顿牌擦脸香粉！”

“噢，我的天！”爸爸盯住小镜子大叫起来，“我出了

什么事啦！我的样子可怕极了！我看着像发神经了！我不能这个样子再到汽车行去卖汽车！怎么会这样呢？”他环顾整个房间，先看看妻子，再看看儿子，接着看看玛蒂尔达。“怎么会出这种事情呢？”他叫道。

“我猜想，爸爸，”玛蒂尔达安静地说，“是你心不在焉，不是拿你自己的那瓶东西，却拿了架子上妈妈的那瓶染发水。”

“当然是这么回事！”妈妈叫道，“说真的，哈里，你怎么会这样笨？你在把水洒到头上的时候，为什么不先看一看瓶子上的字！我的染发水是超级强烈的，一洗脸盆水我只放一汤匙，可你准把一瓶染发水都浇到你的头上去了！它可能会使你所有的头发都掉光！你的头皮是不是开始发烫了，亲爱的？”

“你是说我的头发会掉光？”她的丈夫叫道。

“我想会的，”沃姆伍德太太说，“过氧化物是非常强烈的化学物。它本来是用来在厕所里给小便盆消毒的，只是给它另取个名字罢了。”

“你说什么！”丈夫叫道，“我不是一个厕所里的小便盆！我不要消毒！”

“即使像我用得那样少，”妈妈告诉他，“它还是使我的头发落掉不少，因此天知道你会闹出什么事来。我奇怪它怎么没有把你整个头顶都腐蚀掉！”

“我怎么办呢？”爸爸哇哇大叫，“趁头发还没有开始掉，快告诉我怎么办！”

玛蒂尔达说：“如果我是你，爸爸，我就用肥皂和水先把它好好洗一洗。可是得快。”

“那样能使颜色还原吗？”爸爸着急地问。

“当然不能，你这个笨蛋！”妈妈说。

“那么我怎么办？我变成这副模样永远出不去啦！”

“你只好再把它染黑。”妈妈说，“不过先去洗洗看吧，不然的话，连要染的头发也没有了。”

“说得对！”爸爸叫着跳起来马上行动，“立刻去约你的理发师给我染头发，告诉他这件事十万火急！他们得在预约名单上划掉别人让我先染！现在我上楼去洗头！”他说着奔出餐厅，同时沃姆伍德太太深深地叹了口气，走到电话机旁，给美发厅打电话。

"他不时会做出些挺傻的事情来，对吗，妈妈？"玛蒂尔达说。

妈妈一面拨电话一面说："男人恐怕不是总像他们自以为的那么聪明。你长大一点就明白了，我的小丫头。"

亨尼小姐

玛蒂尔达入学比较晚。大多数孩子小五岁甚至更早一点就进小学了，可是玛蒂尔达的爸爸妈妈不太关心他们女儿的教育，忘了事先做好安排。她第一次进校门已经是五岁半了。

孩子们读书的区乡村小学是一座经过风吹日晒的砖房，叫克伦彻姆学堂。它约有二百五十名学生，年龄从五岁到十二岁。校长是一位令人望而生畏的中年女士，叫特朗奇布尔小姐。

玛蒂尔达自然被放在最低一班，这一班还有十八名男女学生，年龄和她差不多。他们的老师叫亨尼小姐，顶多二十三四岁。她有一张可爱的苍白的椭圆形圣母脸，蓝眼睛，淡棕色头发。她的身体是那么纤细脆弱，使人觉得她万一跌倒，就会像瓷人一样碎成上千片。

这位珍妮弗·亨尼小姐温柔恬静，从来不提高她的声音，也难得看见她笑，但是毫无疑问，她具备少有的天赋能使她的学生个个爱她。孩子们生下来第一次被赶进教室，并被吩咐要服从命令，通常免不了手足无措和胆战心惊，她似乎完全能够理解他们的这种感觉。当亨尼小姐对班里某一个怕生和想家的新生说话时，她的脸上就会散发出一种几乎是可以感触到的奇妙的温暖感觉。

校长特朗奇布尔小姐则完全是另一种人。她是一个神圣不可侵犯的暴君，一个可怕的专制魔王，会让小学生连命都吓掉，教师们也差不多。甚至从远处就感觉到她那种吓唬人的神气，等到她走近，你几乎可以感到从她身上透出来的烫人的热，那热和一根火红的金属棒发出来的一样。当她大踏步走过——特朗奇布尔小姐从来不像普通人那样走路，要走就像一个纳粹冲锋队员那样摆动着双臂大踏步走，你千真万确可以听到她一边走一边发出的鼻息声，如果碰巧有一群孩子挡住她的道，她干脆像一辆坦克车那样从他们当中冲过去，把小家伙们冲得有的向左倒，有的向右倒。真是谢天谢地，世界上她这种人我们碰到的不多，虽然有这种人，但我们大家一生中大概最多也就碰到一个。

万一你碰到了，你应该像在林中碰到一头发怒的犀牛一样，赶紧爬到最近的一棵树上去，等它走了再下来。这个女人，无论是她所有的怪癖还是她的外表，几乎都是无法描述的，不过稍后我来试试描述一下看。现在我们先把她搁一搁，回过头来讲我们的玛蒂尔达，以及她第一天在亨尼小姐班上上课的事。

亨尼小姐在点过所有的孩子名后，照例给每个学生一个崭新的练习本。

“我想你们都自己带铅笔来了。”她说。

“是的，亨尼小姐。”他们异口同声地回答。“很好。今天是你们每个人入学的第一天，以后你们要在这里度过漫长的至少十一年的学校生活。十一年中，有六年就在这克伦彻姆学堂度过，你们知道，你们的校长是特朗奇布尔小姐。她坚持在整个学期间要有严格的纪律，如果你们听我的忠告，她在场时你们要尽可能地守规矩：永远不要和她争论，永远不要顶嘴，永远要照她说的话做。如果你们得罪了特朗奇布尔小姐，她能够把你们像厨房搅拌器里的胡萝卜那样榨成汁。这不是什么好笑的事情，拉文德，你不要笑。你们大家都放聪明点，牢牢记在心里，特朗奇布尔小姐对待违反本校校规的人是非常非常严厉的。我的意思你们听明白了吗？”

“听明白了，亨尼小姐。”十八个热烈的幼小声音唧唧喳喳地叫道。

“至于我，”亨尼小姐说下去，“只要你们在这个班待一

天，我就将帮助你们尽可能地多学点东西。因为我知道，这样会使你们以后容易生活些。比方说，到这个星期结束，我希望你们人人都能背出二的乘法表，一年下来，我希望你们背过直到十二的全部乘法表。如果你们做到了，这将对你们大有好处。好，你们当中，有谁已经学过二的乘法表了？”

玛蒂尔达举起她的手。举手的只有她一个。

亨尼小姐仔细地看着坐在第二排的这个有一张严肃圆脸的黑头发小女孩。“好极了，”她说，“请站起来背一下，能背多少背多少。”

玛蒂尔达站起来，开始背二的乘法表。她说到二乘十二是二十四时还不停，继续说下去：“二乘十三是二十六，

二乘十四是二十八，二乘十五是三十，二乘十六是……”

“等一等！”亨尼小姐说。玛蒂尔达背得这么流利，她听得都有点入迷了。这时候她说：“你一直能够背到多少？”

“背到多少？”玛蒂尔达说，“这个嘛，我也不清楚，亨尼小姐。我想还可以背很多很多。”亨尼小姐花了点时间理解这句奇怪的话。“你是说，”她说，“你能告诉我二乘二十八是多少吗？”

“是的，亨尼小姐。”

“那么是多少呢？”

“五十六，亨尼小姐。”

“再难些的呢，比方二乘四百八十七？你能告诉我吗？”

“我想能的。”玛蒂尔达说。

“你有把握吗？”

“哦，是的，亨尼小姐，我十分有把握。”

“那么二乘四百八十七是多少？”

“九百七十四。”玛蒂尔达马上说。她说得那么镇静，那么有礼貌，一点儿也没有卖弄的样子。亨尼小姐用绝对惊

讶的眼光看着玛蒂尔达，但她接下来说话时，尽量使声音保持平静。“这确实很出色，”她说，“不过自然，用二来乘比起用更大的数字来乘要容易得多。其他数字的乘法表呢？你会用更大的数字来乘吗？”

“我想会的，亨尼小姐。我想我会。”

“哪几个呢，玛蒂尔达？你已经会多少了？”

“我……我不很明白，”玛蒂尔达说，“我不很明白你的意思。”

“我的意思是，比方你会三的乘法表吗？”

“会的，亨尼小姐。”

“那么四呢？”

“也会，亨尼小姐。”

“那么，你到底会多少，玛蒂尔达？一直到十二的乘法表你都会吗？”

“会的，亨尼小姐。”

“十二乘七是多少？”

“八十四。”玛蒂尔达说。

亨尼小姐没有继续问，而是向后靠到了椅子背上。这番交谈使她大为震惊，但她小心着不表现出来。她以前还没有碰到过一个五岁孩子，或者哪怕一个十岁孩子能这样熟练地做乘法的。

“我希望你们其余的人都在听着，”她对全班说，“玛蒂尔达非常幸运，她有了不起的父母，他们已经教会她乘许多数。玛蒂尔达，是你妈妈教你的吗？”

“不，不是，亨尼小姐，不是她教的。”

“那么你一定有一位了不起的爸爸。他一定是一位出色的教师。”

“不，亨尼小姐，”玛蒂尔达轻轻地说，“我爸爸没有教过我。”

“那么你是说，你是自学的？”

“我不清楚，”玛蒂尔达老实地说，“只是我觉得用一个数乘另一个数不太难罢了。”

亨尼小姐深深吸了口气再慢慢地吐出来。她看着这个如此聪明和认真、眼睛明亮、站在课桌旁边的小姑娘。“你是说，你觉得用一个数乘另一个数不难。”亨尼小姐说，“你能试着稍微解释一下吗？”

“噢，天啊，”玛蒂尔达说，“我实在说不清楚。”

亨尼小姐等着。全班同学一声不响，竖起了耳朵听。

“比方说，”亨尼小姐说，“如果我请你用十九乘十四……不，那太难了……”

“是二百六十六。”玛蒂尔达轻轻地说。亨尼小姐盯住她看，接着她拿起铅笔，在一张纸上很快地算了个数。“你说是多少？”她抬起头来说。

“二百六十六。”玛蒂尔达说。

亨尼小姐放下铅笔，摘下眼镜，用一张薄纸擦着镜片。全班同学仍旧一声不响，看着她，不知道下面将要发生什么。玛蒂尔达仍旧在课桌旁边站着。

“现在告诉我，”亨尼小姐依然擦着眼镜说，“试试看准确地告诉我，当你要乘这个数的时候你的脑子里是怎么想

的。你显然得动脑筋算出来，但你几乎能够立刻就得到答案。就拿你刚才乘的数来说吧，用十九乘十四。”

“我……我……我只不过先记住十四，再用十九来乘它。”玛蒂尔达说，“我怕没办法换个办法解释了。我一直想，如果一个袖珍计算器能做到，为什么我就做不到呢？”

“的确，为什么做不到呢？”亨尼小姐说，“人的脑子是一样奇妙的东西。”

“我想它比一块金属好得多，”玛蒂尔达说，“一个计算器只不过是那么一块金属。”

“你说得真对，”亨尼小姐说，“而且袖珍计算器是无论如何不准带到学校来的。”亨尼小姐感到自己有点发抖。她觉得毫无疑问，她遇到了一个真正与众不同的数学头脑，诸如神童和奇才等字眼掠过她的脑子。她知道这种奇迹有时的确会在世界上发生，但一百年也只有一两次。莫扎特开始作钢琴曲时也只有五岁，看他做出什么事情来了。

“这太不公平了，”拉文德说，“为什么她能做到，我们却做不到？”

“不要担心，拉文德，你很快会赶上的。”亨尼小姐咬

着牙说谎。

这时候，亨尼小姐实在忍不住要进一步探索一下这惊人的孩子的心。她知道自己应该留意一下班里的其他学生，但是她实在太激动了，没有办法停下。

“好了，”她装作对全班学生说，“我们暂时不做算术，看看你们当中是不是有人已经开始学拼字了。会拼‘猫’字的请举手。”

三只手举了起来。举手的是拉文德、一个叫奈杰尔的

小男孩和玛蒂尔达。

“你来拼‘猫’这个字吧，奈杰尔。”

奈杰尔拼出来了。

亨尼小姐现在决定问一个问题，如果在平时，第一天上课她是绝对不会想到问学生这个问题的。“我想，”她说，“你们三个都会拼‘猫’，是不是也学过读组成一个句子的一串字呢？”

“我学过。”奈杰尔说。

“我也学过。”拉文德说。

亨尼小姐走到黑板前面，用白粉笔写下一个句子：我已经开始学读长句子。她存心把句子写得难些，知道不会有五岁孩子能把它读出来的。

“你能告诉我这个句子说什么吗，奈杰尔？”她问道。

“这句子太难了。”奈杰尔说。

“拉文德，你呢？”

“第一个字是‘我’。”拉文德说。

“你们有人能读出整个句子吗？”亨尼小姐问道，等着听她断定要从玛蒂尔达嘴里说出来的“我能够”。

“我能够。”玛蒂尔达说了。

“那就读出来吧。”亨尼小姐说。

玛蒂尔达一点不打磕巴地把这个句子读出来了。

“的确很好，”亨尼小姐克制地说，“你能读多少句子啊，玛蒂尔达？”

“我想句子我大都能读出来，亨尼小姐，”玛蒂尔达说，“只是它们的意义我怕不是都明白。”

亨尼小姐站起来，快步走出教室，三十秒钟就拿着一本厚厚的书回来了。她随便翻开一页，放在玛蒂尔达的课桌上。“这是一本幽默诗集，”她说，“看看你是不是能大声读出哪一首。”

玛蒂尔达流利地、毫不停顿地很快读起来：

一个美食家在克鲁，
吃大菜时在炖品里找到一只大老鼠。
服务员喊道：“不要叫，
也不要把它摇，
否则其他客人也要点一只老鼠。”

有几个孩子领悟到这首诗的滑稽意思,哈哈大笑起来。亨尼小姐说:“你知道‘美食家’是什么意思吗,玛蒂尔达?”

“‘美食家’是吃东西讲究的人。”玛蒂尔达说。

“一点不错,”亨尼小姐说,“那你是不是知道这种特殊的诗体叫什么?”

“叫五行打油诗,”玛蒂尔达说,“这是首好诗。它太滑稽了。”

“这是一首有名的。”亨尼小姐说着把书拿起来,回到她对着全班的桌子后面。“一首机智的五行打油诗是非常难写的,”她补充说,“它们看起来容易,其实不好写。”

“我知道,”玛蒂尔达说,“我试着写过好几首,但是写出来没有一首是好的。”

“你试写过，是吗？”亨尼小姐问，她更吃惊了，“那么，玛蒂尔达，我很想听你说说你自己写的这种五行打油诗。你能试试看想出一首来背给我们听吗？”

“这个嘛，”玛蒂尔达犹豫着说，“说实在的，当我们坐在这里的时候，亨尼小姐，我正在尝试写一首关于你的。”

“关于我！”亨尼小姐叫道，“那好，我们自然该听听这一首，对吗？”

“我不想说出来，亨尼小姐。”

“请说出来吧，”亨尼小姐说，“我保证我不会介意。”

“我想你会的，亨尼小姐，因为我得用你的名字来押韵，这就是我不想说出来的原因。”

“你怎么知道我的名字？”亨尼小姐问道。

“我们进教室以前，我听到一位老师叫你的名字。”玛蒂尔达说，“她叫你珍妮①。”

“我一定要听这首五行打油诗。”亨尼小姐说，露出她难得有的微笑，“站起来背吧。”玛蒂尔达勉勉强强地站起

①珍妮是珍妮弗的爱称。

来，很慢很紧张地背她的五行打油诗：

我们大家，关于珍妮，
要问的是："在我们这里，
真的没有几个姑娘，
能有她这样可爱的脸庞？"
答案是："全都不能比！"

亨尼小姐那张苍白快活的脸一下子红了。接着她再一次露出微笑，这一回笑得更欢，纯粹是快乐的微笑。

"啊，谢谢你，玛蒂尔达，"她依然微笑着说，"虽然这不是真的，但它确实是一首非常好的五行打油诗。噢，天啊，噢，天啊，我必须努力记住这首诗。"

拉文德从第三排说："它真好，我喜欢它。"

"而且是真的。"一个叫鲁珀特的小男孩说。

"当然是真的。"奈杰尔说。

全班同学都已经爱上亨尼小姐，虽然她除了玛蒂尔达没法注意他们。

“什么人教你读书的，玛蒂尔达？”亨尼小姐问道。

“我只是自己学会的，亨利小姐。”

“你自己读过什么书吗？我指的是儿童书。”

“大街上那个公共图书馆里有的我都读了，亨尼小姐。”

“你喜欢它们吗？”

“有一些我实在喜欢，”玛蒂尔达说，“但是，有一些我觉得实在乏味。”

“你能告诉我一本你喜欢的吗？”

“我喜欢《狮子、女巫和衣柜》，”玛蒂尔达说，“我觉得C·S·刘易斯先生是位很好的作家。但是他有一个缺点，他的那些书一点滑稽的东西都没有。”

“你说得对。”亨尼小

姐说。

"托尔金[①]先生的书里滑稽的东西也不多。"玛蒂尔达说。

"你认为所有儿童书都应该有滑稽的东西吗？"亨尼小姐问道。

"我认为是的，"玛蒂尔达说，"儿童不像大人那么严肃，他们爱笑。"

亨尼小姐对这小女孩的智慧感到吃惊。她说："你把所有的儿童书读完了，现在怎么办呢？"

"我在读别的书，"玛蒂尔达说，"我在图书馆里借。费尔普斯太太对我很好，她帮我挑选。"

亨尼小姐把身子从她的桌子后面向前伸得远远的，惊奇地看着这个孩子。她现在已经完全忘了班里的其他学生。"是些什么书？"她喃喃地问道。

"我非常喜欢查尔斯·狄更斯，"玛蒂尔达说，"他一直使我哈哈大笑。特别是那位匹克威克先生[②]。"

正在这时候，外面走廊里下课铃响起来了。

---

①托尔金（1892—1973），英国作家，也写童话。

②匹克威克先生是狄更斯的著名小说《匹克威克外传》的主人公。

特朗奇布尔小姐

课间休息的时候，亨尼小姐离开教室直奔校长办公室。她兴奋无比。她刚遇到一个具有或者说她觉得具有极不寻常的智力的小女孩。还来不及查明这女孩的智力到底高到何等程度，但亨尼小姐已经知道得够多了，明白得马上采取措施，越快越好。让这样一个孩子留在最低班里，那简直太荒唐了。

平时亨尼小姐怕校长，离她越远越舒服，但这一次她决定向前冲。她敲响了那可怕的校长办公室的门。“进来！”特朗奇布尔小姐低沉而危险的嗓音轰轰响起来。亨尼小姐进去了。

现在大多数校长都是因为具有一定的好品质而被选任的。他们了解孩子，把孩子们最大的利益放在心中，他们充满同情心，公正，埋头教育事业。但是这种品质特朗奇布尔小姐一点也没有，她怎么得到了现在这个职位还是个谜。

她首先是个最令人生畏的女人。她曾经是一个出名的运动员，即使现在，她的肌肉还能清楚地证明这一点。你能在她的牛脖子上、宽肩膀上、粗手臂上、粗手腕上和有力的腿上看到它们。一看到她，你便会感到这个人能弄弯铁条，把厚厚的电话簿一撕为二。她的脸我看是既不美也不讨人喜欢。她有一个固执的下巴、一张冷酷的嘴和一双傲慢的小眼睛。至于她的衣服更是极其古怪。她一直穿一件棕色布罩衫，用一根宽皮带紧束着腰，皮带前面用一个大银扣扣住。从罩衫下露出来的粗大腿用与众不同的裤子裹住。裤子深绿色，用粗斜纹布做的，正好到膝盖下面一点。再下去她炫耀着一双翻口的绿色长袜，完美地显出她的小腿肌肉。她脚上穿一双有皮鞋舌的平跟棕色厚底鞋。总而言之，她看上去更像一个跟着猎狗捕鹿的嗜血怪人，而不像一所为孩子设立的美好小学的校长。

亨尼小姐走进校长办公室的时候，特朗奇布尔小姐正站在她那张大写字台旁边，一脸责备和不耐烦的样子。“嗯，亨尼小姐，”她说，“你有什么事？今天早晨你看起来非常激动。你怎么啦？那些小鬼向你扔湿纸团了吗？”

“不是的，校长。不是那样的事。”

“那么是什么事？说吧，我很忙。”她一面说，一面伸手拿起写字台上的水壶，给自己倒了一玻璃杯水。

“在我的班里有个小女孩叫玛蒂尔达·沃姆伍德……”亨尼小姐开始说起来。

“她就是在村里开沃姆伍德汽车行的那个人的女儿。”特朗奇布尔小姐厉声尖叫。她难得用正常的声音好好说话，不是汪汪叫就是哇哇嚷。“这位沃姆伍德是个杰出的人。”她说下去，“昨天我才去过他那里，他卖给我一辆汽车，几乎是新的，只行驶过一万英里。原来的主人是位老太太，一年顶多开出来一次。真便宜，是的，我喜欢沃姆伍德，我们社会的一个真正支柱。不过他对我说了他女儿的许多坏话，他说要看住她，说学校里万一出了什么事，那准是他女儿干的。我还没见过这个小丫头，但是等我见到了，她会知道我的厉害的。她爸爸说她是一个真正的累赘。”

“噢，不，校长，这话不可能是真的！”亨尼小姐叫着说。

“噢，是真的，亨尼小姐，真得不能再真！现在我想起来了，我敢打赌是她，今天早晨一来就把一个恶臭炸弹放

在我的写字台底下，弄得这地方跟阴沟一样臭！当然是她干的！我要找她算账。你瞧着吧，我不会放过她的！她是一副什么模样？我断定是条肮脏的小毛毛虫。在我当教师的长期生涯中，亨尼小姐，我发现一个坏女孩比一个坏男孩要危险得多，而且她们更难打扁。打扁一个坏女孩就像打扁一只绿头大苍蝇，你向它一拳打下去，那该死的东西就不见了。小女孩都是该死的脏东西。幸亏我从来没有当过小女孩。”

“噢，你总得当过一回小女孩呀，校长，你一定当过。”

“反正时间也不会长，”特朗奇布尔龇起牙笑着尖叫着，“我很快就变成一个大女人了。”

亨尼小姐心想：校长完全疯了，她愚蠢得像只臭虫。亨尼小姐坚定地站在校长面前，第一次不被她吓跑。“我必须告诉你，校长，”她说，“你说玛蒂尔达把恶臭炸弹放在你的写字台下面，那你完全错了。”

“我从来不会错，亨尼小姐！”

“可是校长，这孩子今天早晨一到学校就直接进教室……”

“看在老天的分上，你不要跟我顶嘴，娘们儿！玛蒂尔达，或者不管她叫什么名字，这小畜生把我的办公室弄得臭气熏天！这是毫无疑问的！谢谢你提醒了我。”

“但是我没有提过这件事，校长。”

“你当然提了！现在你到底有什么事，亨尼小姐？你为什么来浪费我的时间？”

“我来找你是要谈谈玛蒂尔达的事，校长。关于这孩子，我有些非同寻常的事要向你报告。我可以说说我的班里刚发生了什么事吗？”

“我想是她放火烧着你的裙子或者烧焦了你的衬裤！”特朗奇布尔小姐哼着鼻子说。

“不，不！”亨尼小姐叫起来，“玛蒂尔达是一个天才。”

一听到这个字眼，特朗奇布尔小姐的脸马上涨成猪肝色，整个身体像只牛蛙那样鼓起来。“一个天才！”她叫道，“你在说什么蠢话呀，女士？你一定发疯了！正相反，我听她爸爸说过这孩子是一个小坏蛋！”

“她爸爸错了，校长。”

“别蠢了，亨尼小姐！你碰到这小畜生只有半小时，可她生下来她爸爸就和她在一起，他更了解她！”

但是亨尼小姐决心把自己的话说下去，现在开始讲玛蒂尔达做算术的惊人事情。

“这么说她记住了一些乘法表，对吗？”特朗奇布尔小姐咆哮道，“我亲爱的娘们儿，这不能使她成为一个天才！这只能使她成为一只鹦鹉！”

“但是校长，她能读书。”

“我也能读书。”特朗奇布尔小姐厉声说。

“我的意见是，”亨尼小姐说，“玛蒂尔达应该从我的一班马上升到最高一班，和十一岁孩子一起上课。”

“哼！”特朗奇布尔小姐说，“你是要摆脱掉她，对吗？你对付不了她？你现在是要把她这个包袱扔到最高一班可

怜的普林索尔小姐身上，让她到了那一班把它弄得更加乱糟糟吗？”

“不，不！”亨尼小姐叫道，“我根本不是这个意思！”

“噢，你是这个意思！”特朗奇布尔小姐叫道，“我能够看穿你的小诡计，小姐！我的回答是不行！玛蒂尔达就留在你的班里。让她规规矩矩的，这完全是你的责任。”

“不过校长，请你……”

“别再说下去了！”特朗奇布尔小姐叫道，“反正在这学校里我就是这条规则，所有的孩子根据年龄分班，不管他们的才能如何。哼，我不允许一个五岁小强盗和最高一班的大女孩、大男孩坐在一起。这种事有谁听说过！”

亨尼小姐站在这个脖子涨红的巨人面前束手无策。她本来还有很多话要说，但她知道没有用。她最后轻轻地说："那好吧。全依你，校长。"

"全依我，你这话就完全对了！"特朗奇布尔小姐吼叫道，"可别忘了，小姐，我们在这里谈的是把一个恶臭炸弹放在我写字台底下的一个阴险恶毒的小鬼……"

"这件事她没有做过，校长！"

"她当然做过，"特朗奇布尔小姐哇哇叫，"我告诉你，我恨不得还能像过去那样使用桦树条和皮带，把玛蒂尔达的屁股打得火辣辣的，让她一个月不能坐下！"

亨尼小姐转身走出校长办公室，她感到很失望，但决不是失败。她心里说，我要为这孩子做点事。我还不知道该做什么事，但我最终会找出一个办法来帮助她的。

父 母

当亨尼小姐从校长办公室出来的时候，大多数孩子都在外面的操场上。她首先去找教高年级的老师，借来代数、几何、法语、英国文学等教科书，然后她找到玛蒂尔达，叫她到教室里。

“当我教这个班里的其他同学学二的乘法和拼‘猫’和‘老鼠’的时候，”她说，“你坐在那里无所事事总不是个办法。因此每一课我给你一本这样的教科书让你自己读。下课你可以到我这里来问问题，就是说，如果你有问题的话，我将帮助你解答。你看这个办法怎么样？”

“谢谢你，亨尼小姐，”玛蒂尔达说，“这个办法好极了。”

“我肯定过些日子我们能使你升到更高的班，”亨尼小姐说，“但校长希望你暂时还是留在这个班里。”

“很好，亨尼小姐，”玛蒂尔达说，“你给我弄来这些书，

太感谢你了。”

她是个多么好的孩子啊！亨尼小姐心里说。我不管她爸爸说她什么，我觉得她十分文静。尽管她才华出众，但是她一点也不自高自大，事实上，她似乎完全不知道这回事。就这样，当班里上课的时候，玛蒂尔达在她的课桌上开始读亨尼小姐给她的几何教科书。老师一直用半只眼睛注意她，看到这孩子很快就钻进了那本书里，整堂课她一次也没有把头抬起来过。

这时候亨尼小姐又作出了另一个决定，她要亲自去找玛蒂尔达的妈妈和爸爸私下谈一谈，越快越好。她就是不肯罢休。整件事情太荒唐了，她无法相信父母对自己女儿的杰出才能会全无觉察。沃姆伍德先生到底是一个成功的汽车商，因此她相信他是一个相当有知识的人。不管怎么样，父母是从来不会低估自己孩子的才能的，只会相反，有时候教师完全没有办法说服自豪的父亲或者母亲让他们知道他们的宝贝孩子实际上是个十足的笨蛋。亨尼小姐自信她会毫无困难地就使沃姆伍德先生和太太相信，玛蒂尔达的确与众不同，麻烦的倒是怎么使他们不要过于兴奋。

亨尼小姐的希望现在更加膨胀了。她开始担心是不是能得到玛蒂尔达的父母同意，让她下课以后私自给玛蒂尔达补习。要给如此聪明的孩子补习，这个希望出于她当教师的职业本能。她一下子拿定主意，当天晚上就去见沃姆伍德先生和太太。她可以晚点去，在九点和十点之间，这时候玛蒂尔达肯定已经上床睡觉了。

她正是这样做的。亨尼小姐从学校的记录里查到了地址，就在九点过后不久离开自己家去沃姆伍德家。她在一条舒适的街上找到了那座房子，那里每座小巧的房子都有花园和隔壁人家分开。这是一座时髦的砖房，买来不会便宜。院子门上写着“舒心小屋”。“也可以读成‘屋小心舒’。”亨尼小姐想，她一向爱这样玩文字游戏。她沿着小径走到房子前面按铃、站在那里等着的时候，她听见屋内的电视哇啦哇啦地响。

一个穿橘黄色红格子西装，有几根稀疏的老鼠胡子的小个子男人打开了门。“什么事？”他在门里看看亨尼小姐说，“如果你是卖彩票的，我一张也不买。”

“我不是卖彩票的，”亨尼小姐说，“请原谅我这样打搅

你。我是玛蒂尔达的老师，有重要的话要对你和你太太说。”

“她已经闯祸啦？”沃姆伍德先生堵住门说，“哼，从

现在起她要你负责了，你跟她谈吧。”

“她一点祸也没有闯，”亨尼小姐说，“我是来报告她的好消息的，十分惊人的消息，沃姆伍德先生。你认为我可以进去几分钟，跟你谈谈玛蒂尔达的事吗？”

“一个我们心爱的节目正好看到一半，”沃姆伍德先生说，“这是最不合适的时候，你何不换个时间来呢？”

亨尼小姐开始失去耐心了。“沃姆伍德先生，”她说，“如果你认为无聊的电视节目比你女儿的未来更重要，那么你不该做一个父亲！为什么你不能关掉那鬼东西，听听我的话呢！”

这句话动摇了沃姆伍德先生，他平时没有听过人家这样对他说话。他仔细地审视这个如此坚决地站在门外的纤弱女人。“噢，那好吧，”他不客气地说，“进来让我们谈谈吧。”亨尼小姐快步走进屋子。

“你这样做，沃姆伍德太太是不会感谢你的。”他把她引进客厅时说。一个淡金黄色头发的大块头女人正在里面欢天喜地地盯着电视屏幕看。

“是谁呀？”那女人头也不回地说。

“是位学校老师，”沃姆伍德先生说，“她说要跟我们谈谈玛蒂尔达的事。”他走到电视机前关小了音量，但留下了屏幕上的画面。

“别这样，哈里！”沃姆伍德太太叫起来，“威拉德正要向安杰莉卡求婚呢！”

“我们谈话的时候你还可以看嘛，”沃姆伍德先生说，“这是玛蒂尔达的老师，她说有消息要告诉我们。”

“我叫珍妮弗·亨尼，”亨尼小姐说，“你好，沃姆伍德

太太。”

沃姆伍德太太看看她说：“到底出了什么麻烦事？”

没有人请亨尼小姐坐下，她只好找了把椅子自己坐下来。“今天，”她说，“你们的女儿第一天上学。”

“这个我们知道，”沃姆伍德太太说，因为错过了节目她很不高兴，“你来就只为了告诉我们这件事吗？”

亨尼小姐狠狠地盯着这女人湿漉漉的灰色眼睛，不开口，就让房间里那么寂静着，直到沃姆伍德太太开始感到难受。“你希望我说明我的来意吗？”亨尼小姐这才问道。

“那么说吧。”沃姆伍德太太说。

“我断定你们知道，”亨尼小姐说，“刚入学进最低一班的孩子，来时是不会读书、拼字或者数数的。五岁多的孩子还不会这些，但是玛蒂尔达全都会。如果我打算相信她……”

“我不相信。”沃姆伍德太太说。她还是为听不到电视的声音而生气。

“那么是她说谎吗？”亨尼小姐说，“她告诉我说没有人教过她乘法或者阅读。你们当中哪一位教过她吗？”

“教她什么？”沃姆伍德先生问。

“阅读，读书。”亨尼小姐说，“也许你们是教过她的，也许她是在说谎，也许你们家满屋子的书架上都是书，也许你们二位都极爱阅读。”

“我们当然阅读，”沃姆伍德先生说，“别那么愚蠢，我每星期把《汽车》和《机动车》杂志从封面读到封底。”

“可这孩子已经读过数目惊人的书了，”亨尼小姐说，“我只是想弄明白，她是不是出自一个热爱优秀文学的家庭。”

“我们不赞成读书，”沃姆伍德先生说，“光用屁股坐着

读小说混不到饭吃，我们家里没有书。”

“我明白了，”亨尼小姐说，“那么我来只是要告诉你们，玛蒂尔达有一颗极有才华的心，不过我想你们都已经知道了。”

“我们当然知道她能读书，”沃姆伍德太太说，“她整天待在她的房间里埋头读些无聊的书。”

“但你们不觉得奇怪吗？”亨尼小姐说，“五岁的小孩已经在读大人读的书，读狄更斯和海明威的长篇小说，这不使你们高兴地蹦起来吗？”

“一点也不，”沃姆伍德太太说，“我不欣赏女学究，一个姑娘应该想的是使自己的相貌能吸引人，好在以后能找到个好丈夫。相貌可是比书本更重要，亨基小姐……”

“我姓亨尼。”亨尼小姐说。

“现在看看我，”沃姆伍德太太说，“再看看你，你选择的是书本，我选择的是相貌。”亨尼小姐看着坐在房间对面的这位长着板油布丁的脸、正在沾沾自喜的大块头女人。“你说什么？”她问道。

“我说你选择的是书本，我选择的是相貌。”沃姆伍德太太说，“到底谁的日子过得好？当然是我。我漂漂亮亮地坐在一座漂漂亮亮的房子里，有一个生意兴隆的丈夫。可你呢，辛辛苦苦地教一群臭娃娃ABC。”

“很对，甜姐儿。”沃姆伍德先生说，他的妻子叫人恶心地冲他傻笑，连猫见了也要作呕。

亨尼小姐想要跟这种人谈下去就只好耐着性子不发脾

气。“我还没有说完呢，”她说，“就我初步看到的，玛蒂尔达还是一个数学天才，她的脑子能像闪电那么快地算出极其复杂的数字。”

“可以买一个电子计算器嘛，这又算得了什么？”沃姆伍德先生说。

“一个姑娘不靠才学来弄到男人。”沃姆伍德太太说。“就说那电影明星吧，”她指着没有声音的电视屏幕补充说，那上面一个胸部高耸的女人正在月光下被一个粗鲁的男演员拥抱着，“你不认为她是靠对他乘数字来使他这样做的吧？一点不是。现在那男人要娶她了，那男人能不娶她？她将住在一个大公馆里，有管家，有许许多多女佣人。”

亨尼小姐简直不能相信她所听到的话。她尽管听说过这样的父母到处都有，他们的孩子成了少年犯或被学校开除，但亲自遇到一对活生生的这种父母，她还是不由得大吃一惊。

“玛蒂尔达的麻烦是，”她再一次尝试说下去，“她的水平超过周围的同学太多，因此可以考虑一下给她私人补补课。我确信只要好好给她补课，两三年内她是能够达到大学水平的。”

“大学？”沃姆伍德先生大叫着从他的椅子上跳起来，“见鬼，谁要上大学？那里学的全是坏习惯！”

“不能这么说，”亨尼小姐说，“如果你这一刹那间心脏病发作要找医生，医生就会是一位大学毕业生。如果你由于卖给人一辆破的旧汽车受到控告，你就得找律师，他也可能是一位大学毕业生。你轻视聪明的人吗，沃姆伍德先生？不过我可以看到，我们没法谈到一块儿去。我很抱歉这样贸然来访。”亨尼小姐从她的椅子上站起来，走出房间。

沃姆伍德先生跟着她来到前门，说：“谢谢你来看我们，霍克斯小姐，或者是哈里斯小姐？”

“都不是，”亨尼小姐说，“不过算了吧。”她走了。

掷链球

玛蒂尔达有一件事还算好，如果你不经意地遇到她跟她谈话时，只会想到她是一个完全正常的五岁孩子。她的才华一点也不外露。“这是一个非常伶俐和文静的小姑娘。”你只会这样想。除非你偶然和她谈起文学或者数学，否则你永远不会知道她有多高的智力。

正因为这个缘故，玛蒂尔达很容易和别的孩子交朋友，班上的孩子都喜欢她。他们当然知道她“聪明”，因为他们在开学第一天就听到过亨尼小姐问她问题。他们也知道上课时她被允许一个人静静地坐着看书，不用听老师讲课。但是他们那种年龄的孩子不会刨根问底，把功课学好已经够他们忙的了，他们再不会有心思去管别人在做什么和为什么那样。

在玛蒂尔达的新朋友当中，有一个女孩叫拉文德。从开学第一天起，她们两个就在上午的课间休息和午饭时间一起玩。拉文德以她那个年龄来说，长得特别矮小，瘦骨嶙峋，有一双深褐色的眼睛，前面的黑头发剪成刘海儿。玛蒂尔达喜欢她，因为她胆子大并且爱冒险。她喜欢玛蒂尔达也完全因为同样的原因。

开学后一个星期不到，关于校长特朗奇布尔小姐的可怕故事已经渗透在所有新生的心里。第三天，在上午课间休息时，玛蒂尔达和拉文德正站在操场一角，一个衣服肮脏、鼻子上有个疖子的十岁女孩，叫霍顿霞的，走到她们面前。“我想你们是新生。”霍顿霞居高临下地看着她们说。她正拿着一个特大的纸袋，从里面一把一把掏出炸土豆片来吃。“欢迎你们到这所青少年教养院来。”她加上一句，炸土豆片屑像雪片一样从她的嘴里喷出来。

两个小不点面对这个巨人，看着她一声不响。

“你们和特朗奇布尔打过交道没有？”霍顿霞问道。

“做祷告时见过她，”拉文德说，“还没有打过交道。”

“你们会和她打交道的，”霍顿霞说，“她讨厌很小的孩子，因此她憎恨最低班的所有学生，她认为五岁孩子都是些还没有孵化出来的幼虫。”她又往嘴里塞了一把炸土豆

片，因此再开口说话时，土豆片屑又喷出来了。“如果你们能捱过第一年还活下来，就能在这里度过其他那些年了，但是许多人捱不过，他们哇哇叫着被担架抬走。我见得多了。”霍顿霞停下来，看这话对这两个小不点是不是起了作用。作用不大，她们似乎十分冷淡。于是这大高个决定进一步逗她们。

“我想你们知道，特朗奇布尔在她的办公室里有一个锁着的大柜吧，叫‘监房’的？你们听说过这个‘监房’吗？”

玛蒂尔达和拉文德摇摇头，抬起头继续看着这个巨人。她们虽然小，但也不大信任比她们大的人，特别是高班的女孩。

“这‘监房’，”霍顿霞说下去，“是一个很高但是很窄的柜子。它底部只有十英寸见方，因此在里面不能坐也不能蹲，只能站着。三边柜壁是水泥的，上面插满碎玻璃，因此也不能靠在上面，给锁进去就只好立正站着，真可怕。”

“靠在门上不行吗？”玛蒂尔达问道。

“别傻了，”霍顿霞说，“门上有几千个很尖的钉子尖突出来，它们是从外面钉进去的，可能是特朗奇布尔亲自钉

的。”

“你给关进去过吗？”拉文德问她。

“我读第一学期就给关过六次，”霍顿霞说，“有两次关了一整天，其他几次各关两个钟头。可是两个钟头就够你受的。里面漆黑一片，还得笔直站着，只要动一动，不是给柜壁上的玻璃片刺着，就是给柜门上的钉子刺着。”

“你因为什么给关进去？”玛蒂尔达问道，“你干什么了？”

“第一次，”霍顿霞说，“我在做祷告时往特朗奇布尔要坐的椅子上倒了半罐糖浆，妙极了，她在椅子上坐下来的时候，只听到很响的“咕叽”一声，就像非洲林波波河边河马的脚踩到烂泥里发出的声音那样。但是你们太小太笨了，还没有读过那本《就是如此故事集》[①]，对吗？”

“我读过了。”玛蒂尔达说。

“你撒谎，”霍顿霞友好地说，“你连读书还不会呢，不过没关系。因此，当特朗奇布尔坐到糖浆上面时，那“咕叽”一声美极了。她重新跳起来，可是椅子粘住了她穿着

①英国作家吉卜林（1865—1936）写的一本关于动物的童话集。

的可怕的绿裤子。过了好几秒钟，裤子才从稠稠的糖浆里挣脱出来。接着她用双手抱住屁股，结果两只手都满是糖浆。她那个号叫啊，你们真该听听。”

“可她怎么知道是你干的呢？”拉文德问道。

“一个叫奥利·博格惠斯尔的小混蛋偷偷告了我的状。”霍顿霞说，“我后来把他的门牙都打掉了。”

“于是特朗奇布尔把你在‘监房’里关了一整天？”玛

蒂尔达喘了口气，问道。

“整整一天，”霍顿霞说，“等到她把我放出来，我都疯疯癫癫了，我像个白痴那样唠唠叨叨不知讲些什么。”

“你还做了些什么事给关进‘监房’呢？”拉文德问。

“噢，现在我都没法全记起来了。”霍顿霞说。她说话的口气像个身经百战满不在乎的老战士。“都太久远了。”她加上一句，把更多的炸土豆片往嘴里塞，“啊，对了，我还记得一件。是这么回事：我趁特朗奇布尔到六年级上课时，举手要去厕所。可是我没去那儿，却溜进了特朗奇布尔的办公室。我很快就找到了她放她所有的运动短裤的抽屉。”

“快说下去，”玛蒂尔达像入了迷似的说，“接下来怎样？”

“你们知道，我邮购了一种非常厉害的发痒粉，”霍顿霞说，“五十英镑一包，叫‘皮肤火辣粉’。说明书说，它是用毒蛇的牙磨粉做的，保证能在你的皮肤上鼓出核桃大的肿块。于是我在抽屉里的每条短裤里面洒上这种粉，再一条一条仔细地叠好。”霍顿霞停下来，把更多的炸土豆片

塞进嘴里。

“有效吗？”拉文德问道。

“哈！”霍顿霞说，“几天以后，在做祷告的时候特朗奇布尔忽然像发疯似的开始拼命抓她的下身。‘哈哈，’我心里说，‘起作用了，她已经换上了运动短裤。’坐在那里看着，想到全校只有我一个人清楚特朗奇布尔的裤子里到底是怎么回事，那真是妙不可言。而且我觉得自己很安全，我知道我不可能被捉住。接着她越抓越厉害，她没有办法停止不抓，她一定以为有个野蜂窝在她的下身。就在祷告

做到一半的时候，她猛地跳起来，抱住屁股就奔出房间去了。”

玛蒂尔达和拉文德两人都听入了迷。她们很清楚，这时候她们正站在一位大师面前。这个人已经把恶作剧艺术发挥到尽善尽美的最高境界，而且这个人情愿冒生命危险去追求她心中的渴望。她们惊讶地看着这位女神，一下子连她鼻子上的那个疖子也不再是缺点，而是一个表彰其勇敢的奖章。

“那么这一次她又是怎么捉到你的？”拉文德惊讶得气也透不过来，问道。

“她没有捉到我，”霍顿霞说，“不过我还是在那‘监房’里给关了一天。”

“为什么？”她们两个同时问道。

“这特朗奇布尔，”霍顿霞说，“有一个猜疑的恶习，碰到她不知道捣蛋的人是谁她就猜，糟糕的是总让她猜中了。由于糖浆事件，我成了她猜疑的第一个对象，虽然我知道她没有任何证据，但怎么说也没有用。我继续叫嚷：‘我怎么会做这件事呢，特朗奇布尔小姐？我甚至不知道你在学校里放多余的短裤！我甚至不知道发痒粉是什么东西！我从来没有听说过这玩意儿！’尽管我装得十分逼真，但是抵赖没能帮上我的忙。特朗奇布尔不管三七二十一，抓住我的一只耳朵把我拉到‘监房’那里，推了进去，锁上了门。这就是我的第二次全天监禁。真是受大罪，我给刺坏了，出来时全身都是伤。”

“真像一场战争。”玛蒂尔达害怕地说。“你说得对极了，真像一场战争，”霍顿霞叫道，“损失惨重。我们是十字军，勇敢的军队，简直没有什么武器，为了我们的生命而战斗。特朗奇布尔是黑暗王子、大毒蛇、火龙，什么武器都有。这真是一种悲惨的生活，我们大家要千方百计相互支持。”

“你可以信赖我们。”拉文德说，尽力伸长她那三英尺两英寸高的身体。

“不，我不能信赖你们，”霍顿霞说，“你们只是些小不点儿，不过也不能说死。有一些暗地里做的事情，也许用得上你们。”

“关于她做的事，再给我们讲一点吧，”玛蒂尔达说，

“请你再讲一点。”

“你们入学还不到一星期，我不能吓破你们的胆。”霍顿霞说。

“不会的，”拉文德说，“我们人虽小，却很棒。”

“那么听听这件事吧。”霍顿霞说，“就在昨天，特朗奇布尔捉住了一个叫朱利叶斯·罗特温克尔的，他在上写字课时吃什锦甘草糖。她干脆抓住他一条胳膊把他拎起来，一下子从开着的窗子抡了出去。我们的教室在上面一层，我们看到朱利叶斯·罗特温克尔像一只飞碟那样飞过花园，“吧嗒”一声落到一大片莴苣中间。接着特朗奇布尔向我们转过脸来说：“从现在起，任何人在教室里吃东西被捉住，统统扔出窗子。”

“这个朱利叶斯·罗特温克尔摔断骨头没有？”拉文德问道。

“只断了几根。”霍顿霞说，“你们要记住，特朗奇布尔曾经在奥运会上为英国掷链球，因此她为她的右臂感到非常自豪。”

“掷链球是什么意思？”拉文德问道。

“链球，”霍顿霞说，“就是一个十足的大炮弹，系在一根长链条的头上，扔的人把它先在头顶上旋转，越转越快，最后扔出去。掷链球的人得非常强壮。特朗奇布尔扔身边所有的东西，为的是锻炼她的手臂，特别是扔孩子。”

“天啊！”拉文德说。

“有一次我听她说过，”霍顿霞说下去，“一个跟奥运会的链球差不多重的大男孩对于练习非常有用。”

就在这时候发生了一件奇怪的事。本来充满了孩子们游戏叫声的操场，一下子静得和墓地一样。“注意！”霍顿霞悄悄说。玛蒂尔达和拉文德一转头，看到了特朗奇布尔的巨大身躯，她迈着可怕的大步穿过大群的男孩女孩。孩子们赶紧退后给她让道。她穿过柏油地，就像摩西①在水分开时穿过红海那样。她的样子很可怕，身上围着粗皮带的罩衫和绿裤子。膝盖下面，她的小腿肌肉，在长袜子里像葡萄那样鼓起来。“阿曼达·思里普！”她叫道，“你，阿曼达·思里普，过来！”

“抓紧你们的帽子。”霍顿霞悄悄说。

①摩西是公元前13世纪希伯来人的领袖，曾率领希伯来人离开埃及，摆脱奴役。传说他来到红海时，前有海水，后有追兵，但水在他面前分开，他得以过去。

“要出什么事呢？”拉文德也悄悄地问。

“阿曼达那白痴，”霍顿霞说，“让她的长头发在假期里长得更长了。她妈妈把它们编成了辫子。这样做太傻了。”

“为什么傻？”玛蒂尔达问道。

“特朗奇布尔最受不了的就是辫子。”霍顿霞说。

玛蒂尔达和拉文德看到那穿绿裤子的巨人走向一个大约十岁的女孩，她肩上垂着两根金色的长辫子，每根辫梢上用蓝色缎带打了个蝴蝶结，看上去非常漂亮。梳着辫子的女孩，就是阿曼达·思里普，她站在那里一动不动，看着巨人过来,脸上的表情像一个困在一块小田地上逃不掉、而一只狂怒的公牛正低头向他冲过来的人一样。女孩定在那里，吓坏了，鼓起了眼睛，浑身哆嗦，料定世界末日就要降临到她头上了。

特朗奇布尔这时已经来到这可怜虫面前，像座塔似的居高临下地俯视着她。“明天到学校来之前，我要你剪掉那两根脏辫子！”她尖叫道，“把它们剪掉扔到垃圾桶里去。你听明白了吗？”

阿曼达吓傻了，好容易才结结巴巴地说出话来：“我妈……妈……妈妈喜欢它们。她每……每……每天早晨给我梳辫子。”

“你的妈妈是个傻瓜！”特朗奇布尔哇哇叫着，她用一根香肠般的指头指住女孩的头叫道，“你像一只尾巴长到了头上的老鼠！”

“我妈……妈……妈妈认为我好看，特……特……特朗奇布尔小姐。”阿曼达结结巴巴地说，浑身抖得像牛奶冻。

“你妈妈怎么认为我不管！”特朗奇布尔大叫着冲上前，用右手一把抓住阿曼达的两根辫子把她整个儿离地拎起来，接着开始把她在头顶上旋转，越转越快。阿曼达大叫救命，特朗奇布尔哇哇叫着说：“我让你梳辫子，你这小老鼠！”

“奥运会的派头。”霍顿霞悄悄说，“现在她加快了，就像掷链球。一、二、三，她要把她扔出去了。”

这时候特朗奇布尔由于旋转的女孩的重量而身体向后，内行地用她的脚趾作为轴心把身子转了又转。在她头顶上飞快旋转的阿曼达·思里普很快就变成了一个模糊的点。忽然之间，特朗奇布尔很响地哼哼一声，扔出了辫子，阿曼达顿时像火箭一样飞过操场的铁丝网，高高地飞到空中去了。

“扔得好，先生！”操场那边有人叫道，而对这整个疯狂事件看得入了迷的玛蒂尔达只见阿曼达·思里普呈现长长的美妙抛物线落到了操场外面。她落到草地上还打了三个滚才最后停下。接着很奇怪，她坐起来了。她看上去头昏眼花，但怎么能怪她呢。过了一分钟左右，她又站起来了，蹒跚着向操场走回来。

特朗奇布尔站在操场上拍掉手上的灰。“考虑到我没有进行严格的训练，成绩还算不坏，”她说，“实在不坏。”接着她大踏步走开了。

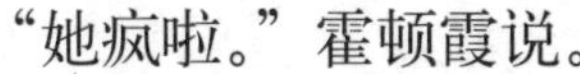

“她疯啦。”霍顿霞说。

“难道父母不提意见吗？”玛蒂尔达问道。

“你们的父母会提吗？”霍顿霞反问，“我知道我的父母不会。她对待妈妈们和爸爸们就同对待孩子们一样，他们全怕她怕得要死。什么时候我也会看到你们受这份罪的，你们两个。”说着，她慢步走开了。

布鲁斯·博格特罗特和蛋糕

“她这样做怎么能脱身呢？”拉文德对玛蒂尔达说，“孩子回家一定会告诉他们的爸爸妈妈。如果我告诉我爸爸，说校长抓住我的头发把我扔出操场铁丝网，他准会大吵大闹的。”

“不，他不会。”玛蒂尔达说，“我来告诉你为什么，他根本就不相信你的话。”

“他当然相信。”

“他不会相信。”玛蒂尔达说，“理由很明白：你说的事听上去太荒唐了，叫人没法相信。那就是特朗奇布尔的巨大秘密。”

“这秘密是什么呢？”拉文德问道。

玛蒂尔达说：“如果你想脱身，做事就永远不能手软。要做得狠。要一不做二不休。要使你做的每一件事彻底疯狂，没有人能够相信。没有一对父母会相信。这件辫子的事，一百万年也没有父母会相信。我的爸爸妈妈就不会相信，他们只会说我撒谎。”

“如果这样，”拉文德说，“阿曼德的妈妈就不会把她的辫子剪掉了。”

“她不会剪，”玛蒂尔达说，“阿曼达自己会剪。你看她会不会剪？”

“你认为她是疯了吗？”拉文德问道。

“你说谁？”

“特朗奇布尔呀。”

“不，我不认为她疯了，”玛蒂尔达说，“但是她很危险。待在这所学校里就像一条眼镜蛇待在一个笼子里，你得跑得快。”

关于校长有多危险，她们第二天又碰到了一个例子。午饭时通知全体学生，一吃完饭就到大礼堂去坐好。

当两百五十多名男孩女孩在大礼堂里坐好以后，特朗奇布尔大踏步走上讲台，其他教师一个也没有和她一起进来。她的右手拿着一根短马鞭。她穿着绿裤子，叉开两腿，手持短马鞭站在台中央，看着她面前一大片抬起来的脸的

海洋。

“会出什么事呢？”拉文德悄悄问道。

“不知道。”玛蒂尔达悄悄回答。

全校学生都在等待着接下来将要发生的事。

“布鲁斯·博格特罗特！”特朗奇布尔忽然咆哮道，“布鲁斯·博格特罗特在哪里？”

坐着的孩子当中有一只手举了起来。

“你上来！”特朗奇布尔叫道，“知趣点！”

一个十一岁的大块头男孩站起身子，很快地走出来，登上讲台。

“站在那里！”特朗奇布尔指点着吩咐说。那男孩站在一边，样子很紧张。他很清楚不是上来领奖。他用异常警惕的眼光看着校长，一点一点地移动着脚步，悄悄地离她远一些，就像一只老鼠一点一点地移动着，随时逃离从房间对面盯住它的猫一样。他那张鼓着肥肉的胖脸已经吓得发青，长袜子落到脚踝上。“你们看到的站在你们面前的这个傻瓜，”校长用短马鞭像斗剑时用剑那样指住他吼叫，“这个寿头，这个臭痈，这个毒脓包，他是一个地道的可恶

罪犯，一个黑社会分子，一个黑手党！”

“你说谁，我吗？”布鲁斯·博格特罗特说。看他那副

样子，他真是傻了。

“一个贼！”特朗奇布尔尖叫道，“一个恶棍！一个海盗！一个土匪！一个偷鸡摸狗的！”

“等一等，”男孩说，“我是说，真该死，不是那么回事，校长。”

“你还否认，你这个倒霉的小脓包？你还不认罪？”

“我不明白你在说什么。”男孩说，更觉得莫名其妙了。

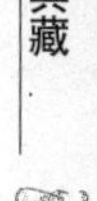

“我来告诉你我在说什么，你这个在长脓的小脓包！”特朗奇布尔叫道，“昨天上午课间休息时，你像条毒蛇那样溜进厨房，从我的碟子里偷了一片巧克力蛋糕！这碟蛋糕是厨师特地为我做的！这是我上午的点心，这蛋糕是给我吃的！不是给孩子吃的，你总不会以为我会吃你们吃的那

些脏东西吧？那蛋糕是用真正的牛油和真正的奶油做的！而这个站在那边、长袜子落到脚踝上的强盗，这个撬保险箱的，这个拦路抢劫的竟然偷吃了它！”

“我没有。”男孩叫道，脸色从青变白。

“不要对我抵赖，博格特罗特！”特朗奇布尔哇哇大叫，“厨师看见了你偷，而且看见了你吃！”

特朗奇布尔停了一下，抹去嘴角上的白沫。

等到再开口，她的口气突然变轻，变温和，变友好了，她微笑着向男孩俯下身来，“你喜欢我的特制巧克力蛋糕，对吗，博格特罗特？它味道好极了，对不对，博格特罗特？”

“是非常好。”男孩咕哝着说。他来不及刹车，话已经脱口而出了。

“你说得对，”特朗奇布尔说，“是非常好，因此我想你该感谢厨师。一位绅士吃到一顿特别好的美餐，博格特罗特，总是向大师傅致谢的。你不知道这件事吗，博格特罗特？过惯犯罪生活的黑社会的人是不注意礼仪的。”

男孩保持沉默。

“厨师！”特朗奇布尔向门口转过脸去叫道，“到这里来，厨师！博格特罗特想要告诉你，你做的巧克力蛋糕太好吃了！”

厨师，一个高高的干瘪女人，好像全身的汁水在一个热烤箱里早都烤干了似的，围着一条肮脏的白围裙，走到讲台上。她的出场显然是校长事先安排好的。

“好，博格特罗特，”特朗奇布尔又吼叫起来，“告诉厨师吧，你觉得她做的巧克力蛋糕怎么样。”

“非常好。”男孩咕哝着说。看得出他这时候正在开始考虑，这件事将会有什么结果。他心中有数的只有一件事，法律禁止特朗奇布尔用她正吧嗒吧嗒敲着她的大腿的短马鞭来打他。想到这一点多少是个安慰，但也没有什么用处，因为特朗奇布尔这个人是完全无法预料的，谁也不知道她接下来会做出什么事。

“瞧，厨师，”特朗奇布尔叫道，“博格特罗尔喜欢你做的蛋糕，他爱吃你做的蛋糕，你还有蛋糕可以给他吃吗？”

“当然有。”厨师说。她好像把她的台词都背熟了。

“那么去拿来吧，顺便再带把刀来切蛋糕。”

厨师出去了，几乎是转眼间便回来了，用大瓷盘端着一个巨型圆蛋糕，蛋糕太重，她走起路来踉踉跄跄。这蛋糕直径足有十八英寸，上面罩着一层深褐色的巧克力。“把它放在桌子上。”特朗奇布尔说。

台中央有一张小桌子，桌子后面有一把椅子。厨师把蛋糕小心地放在桌上。“坐下，博格特罗特，”特朗奇布尔说，“坐在那里。”

男孩小心地走到桌旁，坐了下来。他看着那个巨型蛋糕。

“蛋糕来了，博格特罗特。”特朗奇布尔说，她的声音又一次变得柔和了，带有劝导性的，甚至很客气，“全是给你吃的。既然昨天那一片你那么爱吃，我吩咐厨师专门给你烤了一个特大的。”

“谢谢你。”男孩说，他完全被闹糊涂了。

“该谢的是厨师，不是我。”特朗奇布尔说。

“谢谢你，厨师。”男孩说。

厨师站在那里像根干瘪的鞋带，抿紧嘴唇，绷起了脸，一副难受的样子。她看上去像含了一嘴柠檬汁。

“那么吃吧。”特朗奇布尔说，“为什么你不切一块尝尝啊？”

“什么？现在吗？”男孩小心地说。他感觉到在什么地

方有个圈套等着他钻，但是说不准在什么地方。“我不能把它拿回家去吃吗？”他问道。

“那就没有礼貌了。”特朗奇布尔装着笑脸说，“你必须在这里让厨师看到，为了她的辛劳，你是多么感谢她。”

男孩没有动。

“吃啊，动手吧，”特朗奇布尔说，“切一片尝尝。我们可不能等上一天。”

男孩拿起刀，正要切下去，却又停下来。他看看蛋糕，又抬起头来看看特朗奇布尔，再看看口含柠檬汁似的瘦长厨师。礼堂里所有的孩子紧张地看着，等着什么事情发生。他们断定准要发生事情。特朗奇布尔不是这种人，会只是出于好意给人吃一整个巧克力蛋糕。许多人在猜想，蛋糕里或者是放满了胡椒，或者是放上了蓖麻油，或者是放上了什么难吃的东西，让男孩吃了会生一场大病。甚至可能放上了砒霜，让他吃下去十秒钟就一命呜呼。也可能放有炸弹，用刀一切就爆炸，把布鲁斯·博格特罗特炸飞。学校里没有人怀疑特朗奇布尔不会做出这一类事情。

“我不想吃。”男孩说。

“吃吧，你这小家伙，”特朗奇布尔说，“你会得罪厨师的。”

男孩只好战战兢兢地动手在大蛋糕上切下薄薄的一片。接着他把这片蛋糕撬开，放下刀，用两个手指拿起这片黏糊糊的东西，开始慢慢地吃起来。

“很好吃，对吗？”特朗奇布尔问道。

“非常好吃。”男孩一面说，一面又是嚼又是咽。他把一片蛋糕吃完了。

“再吃一片。”特朗奇布尔说。

“够了，谢谢你。”男孩咕哝道。

“我说再吃一片。”特朗奇布尔说，这一回她的声音更尖厉了，“再吃一片！照我说的做！”

“我不要再吃了。”男孩说。

特朗奇布尔忽然大发脾气。“吃！”她用短马鞭敲敲她的大腿，大叫着说，“我叫你吃你就吃！你不是要吃蛋糕吗？你还偷蛋糕吃！现在你有蛋糕吃了！你得吃掉它！不把你面前这整个蛋糕吃光你不能离开讲台，礼堂里的人也不能离开礼堂！我的话听清楚了没有，博格特罗特？你听明白我的意思了吗？”

男孩看看特朗奇布尔，接着低头看看那巨型蛋糕。

“吃啊！吃啊！吃啊！”特朗奇布尔已经在声嘶力竭地大叫。

男孩慢腾腾地又给自己切了一片，开始吃起来。

玛蒂尔达吓呆了。“你想他能把这蛋糕吃光吗？”她悄

悄地对拉文德说。

“吃不光，”拉文德悄悄地回答，“不可能吃光的。吃不到一半他就要呕吐了。”

男孩继续吃。吃完第二片，他看着特朗奇布尔，犹豫不决。

“吃！”她叫道，“喜欢吃蛋糕的馋嘴小偷必须吃蛋糕！吃得快点吧，小家伙！吃快点！我们不想在这里待一整天！不要像现在那个样子停下来！再下来，你如果没有吃光就停口，你将直接进‘监房’，然后我锁上‘监房’门，把钥匙扔到井下面去！”

男孩切下第三片开始吃。这一片他吃得比上两片快，一吃完就立刻拿起刀来切接下来的一片。他似乎用一种特殊的方式在进行他吃的差使。

玛蒂尔达仔细看着，还看不出男孩有什么难受的表现。如果说有表现，那就是他越吃越有信心。“他进行得不错。”她悄悄地对拉文德说。

“他很快就要呕吐了。”拉文德悄悄地回答，“事情将变得可怕极了。”

当布鲁斯·博格特罗特用他的方式吃掉整个巨型蛋糕的一半时，他只停了两秒钟深深吸了几口气。

特朗奇布尔用双手捂住屁股站在那里，盯住他看。“继续吃！”她叫道，“把它都吃了！”

忽然男孩发出一声巨大的打嗝声，它像响雷一样滚过大礼堂。许多观众咯咯笑起来。

“肃静！”特朗奇布尔叫道。

男孩又给自己切了厚厚的一片，开始很快地吃起来。他还是没有败北或者投降的表示，实在看不出他要停下来叫道：“我吃不下了，我再也吃不下了！我要吐了！”不，他闷着头在一个劲儿吃下去。

现在二百五十多名小观众开始有一种微妙的变化。原先他们觉得大难马上临头，已经准备着看一个悲惨的场面：不幸的男孩被巧克力蛋糕堵在喉咙口，最后只好投降，请求开恩，接着他们还得眼巴巴地看着得胜的特朗奇布尔硬把更多的、还要多的蛋糕往直喘气的男孩的嘴里塞。

然而根本不是这么一回事。布鲁斯·博格特罗特已经把大蛋糕吃掉四分之三了，而且还在奋勇地吃下去。可以感觉到，他几乎这时候才开始自得其乐。他在攀登一座高山，很顺利地在向山顶冲刺，即使死也要试一试爬到山顶。还有，他现在开始注意到下面的观众，注意到他们默默地在支持他。这不亚于一场他和强大有力的特朗奇布尔之间的战斗。

忽然有人叫起来："加油，好样的布鲁斯！你能吃完的！"

特朗奇布尔团团转着大叫："肃静！"观众紧张地看着。他们完全被这场比赛迷住了。他们渴望着喝彩，但是不敢。

"我想他就要成功了。"玛蒂尔达悄悄地说。

“我也这么想。”拉文德悄悄地回答，“我本不相信世界上有人能吃掉这么大的一整个蛋糕。”

“特朗奇布尔也不相信。”玛蒂尔达悄悄地说，“你瞧她，她的脸越来越红，越来越红了。如果布鲁斯赢了，她要杀死他的。”

男孩现在慢下来了。但是他继续把蛋糕往嘴里塞，就像一个看到了终点线并朝那里奔跑的长跑运动员那样，用

顽强的耐力在吃。等到最后一口吃下去，观众欢声雷动，孩子们跳上他们的椅子欢呼拍手，大喊大叫："干得好，布鲁斯！祝贺你，布鲁斯！你赢得金牌了，布鲁斯！"

特朗奇布尔站在讲台上一动不动。她那张大马脸正在变成岩浆的颜色，眼睛里闪着怒火。她看着布鲁斯·博格特罗特，他正坐在他的椅子上像条吃得过饱的幼虫，胀鼓鼓、懒洋洋的，不能动也不能说话，满头汗珠，但脸上露出胜利的微笑。

特朗奇布尔忽然冲向前，一把抓住曾经放过那巨型蛋糕的空瓷盘，把它高高举起，"咣当"一声打在倒霉的布鲁斯·博格特罗特的头顶上，瓷盘的碎片飞得满讲台都是。

不过男孩如今塞满蛋糕，像一大袋湿水泥，双手抡起长柄大铁锤打下去也伤不了他。他只是摇了几下头，继续傻笑。

"该死！"特朗奇布尔尖叫一声，大踏步走下讲台，后面紧紧地跟着那个厨师。

拉文德

玛蒂尔达第一学期的第一星期上到一半的时候，亨尼小姐对全班说："我有一个重要消息要告诉你们，你们仔细听好了。你也听着，玛蒂尔达，把你那本书放下一会儿，好好听我说。"

一张张渴望的小脸抬了起来。

"校长有一个规矩，"亨尼小姐说下去，"每星期到每个班一次，她一个个班轮流去，每个班有规定日子和规定时间，到我们班来总是在每星期四的下午两点，也就是午饭时间一过就来。因此明天下午两点，特朗奇布尔小姐要到这班里来代我上一堂课，我当然也在场，不过只当一个不开口的旁听者。你们听明白了吗？"

"听明白了，亨尼小姐。"大家异口同声回答道。

"先嘱咐你们一声，"亨尼小姐说，"校长对每一件事情都是非常严格的。你们的衣服一定要清洁；她对你说话你

才能开口；她问你问题要马上站起来，然后再回答；绝对不要和她争论；永远不要回嘴，绝对不要嬉皮笑脸，否则她会生气。校长一生气，你最好小心点。”

“那是你说的。”拉文德咕哝了一声。

“我断定，”亨尼小姐说，“她将问你们这个星期学的东西，那就是二的乘法表。因此我特别奉劝你们，今晚回家要把它背得滚瓜烂熟，还要请你们的妈妈或者爸爸先听你们背一遍。”

“她还会考我们什么呢？”有人问道。

“拼字。”亨尼小姐说，“努力记住这几天我教的每一个字。还有一件事，校长进来的时候，这桌子上永远得有一壶水和一个玻璃杯，她上课离不开水。现在谁来负责把这些东西放在这里？”

“我负责。”拉文德马上说。

“很好，拉文德。”亨尼小姐说，“你到厨房去拿水壶来，装满水，在上课前放在这桌子上，再放上一个干净的空玻璃杯。”

“万一那水壶不在厨房呢？”拉文德问道。

“厨房里有很多校长的水壶和玻璃杯，”亨尼小姐说，“全校各班都要用。”

“我不会忘记的，”拉文德说，“我保证不会忘记。”

拉文德那诡计多端的脑袋里已经在盘算着这水壶任务

给她创造的种种机会。她渴望做一件真正英雄的事。她疯狂地崇拜那个大女孩霍顿霞，因为她在学校里做出了那些大胆的事；她也崇拜玛蒂尔达，因为她在家里干了藏鹦鹉和用染发水染了她爸爸头发的大事，是玛蒂尔达要她发誓保密才告诉她的。只要她想出一个妙计，现在该轮到她成为一个英雄了。

那天下午她回家，一路上思索着各种办法，最后灵机一动，想出了一个绝妙的主意，然后继续周密地考虑，用威灵顿公爵[①]在滑铁卢战役前那种小心谨慎的态度落实她的计划。自然，在这件事情上敌人不是拿破仑。但是在克伦彻姆学堂里，你是找不到一个人会认为校长这个敌人在可恨程度上比不上那个著名法国佬的。拉文德告诉自己，如果想完成这个丰功伟绩而又能死里逃生，就必须练习熟练的技巧，而且必须极端保密。

拉文德家花园的头上有一个泥塘，里面有许多蝾螈。蝾螈在英国各地池塘里虽然十分普通，但是普通人不大见到，因为这种动物胆小又爱阴暗。它难看得叫人不敢相信，

①威灵顿公爵（1769—1852），英国著名军事家，1815年6月18日在滑铁卢打败了法国拿破仑的军队。

看上去黏糊糊的，样子有点像小鳄鱼，但是头更短。它完全无害，只是看着不像是这样。它约六英寸长，很细，背部是灰绿色，下面腹部是橘黄色。事实上它是一种两栖动物，在水里和岸上都能生活。

那天傍晚，拉文德来到她家的花园尽头，决定要捉到一条蝾螈。它们游得很快，不好捉。她在岸边趴了很久，耐心地等待，最后才看到了一条。接着她用学校制帽做网兜去捞，终于把它捉住了。她已经预先在铅笔盒里铺好水草准备接待这位客人，但她发现把蝾螈从帽子里拿出来放进铅笔盒很不容易。它像水银那样蹿来蹿去，再加上盒子的长度刚刚容得下它。最后拉文德总算把它装了进去。拉上盒盖时，她小心翼翼地不夹住它的尾巴。邻居一个叫鲁珀特·恩特威斯尔的男孩告诉过她，万一蝾螈的尾巴断了，断掉的尾巴仍旧会生长，又变成一条蝾螈，比原来那条要大十倍，那就和一条鳄鱼差不多大了。拉文德不太相信他的话，但也不打算冒这个险，以免这种事万一真的发生。

最后她总算把铅笔盒盖完全拉上，蝾螈是她的了。接着再一想，她又把盒盖拉开一点，好让蝾螈能够呼吸。

第二天，她把这秘密武器放在书包里带到了学校。她兴奋得发抖，急于要把她的作战计划告诉玛蒂尔达。事实上她真想告诉全班同学，但是她终于决定对谁也不说，还是不说好，这样即使受到最严重的磨难，也没有人能告发是她做的。

午饭时间到了。今天吃拉文德最爱吃的香肠和黄豆，但是她吃不下去。

“你没事吧，拉文德？”亨尼小姐从桌子头上问她。

“我早饭吃得太饱了，”拉文德说，“我实在什么也吃不下去。”

一吃完午饭，她马上奔进厨房，找到特朗奇布尔那些出名的水壶中的一个。这是一个很大的蓝色大肚瓷壶。拉文德装上半壶水，和一只玻璃杯一起拿进教室，放在老师的桌子上。教室里还没有人。拉文德快得像闪电一样，从书包里拿出铅笔盒，把盒盖拉开一点儿，蝾螈一动不动地躺在里面。拉文德小心地把盒子举在壶口上，把盖子完全拉开，将蝾螈斜倒进去。它“扑通”一声落到了水里，接着疯狂地翻腾了几秒钟，就安定下来了。为了使蝾螈感到是在自己家里，拉文德决定把铅笔盒里所有的水草也倒进去。

事情办完了，全妥了。拉文德把铅笔放回潮湿的铅笔盒里，把铅笔盒放回自己课桌上的规定地方。接着她出去到操场上和同学们一起玩，直到上课铃响。

星期测验

准两点钟，大家又集合在教室里了，包括亨尼小姐。她看到水壶和玻璃杯已经放在该放的地方，就站到教室后面。每个人都在等着。忽然，用皮带束着罩衫、穿着绿裤子的巨大的身躯大踏步走进来了。

“下午好，孩子们。”她说道。

“下午好，特朗奇布尔小姐。”孩子们叽叽喳喳叫着回答。

校长站在全班面前，叉开了腿，双手抱着屁股盯住她面前紧张地坐在课桌椅上的男孩和女孩。

“看上去不大美观。”她说，露出一副极其厌恶的表情，好像在看着狗在地板当中撒的东西，“你们是一群多么叫人恶心的小废物啊！”

每个人都自觉地保持肃静。

“想到我要在我的学校里和你们这堆垃圾一起熬过六

年，”她说下去，“简直令我作呕。显然我得把你们越多越好、越快越好地赶走，免得我自己发疯。”她停了一下，哼了几声，这是很古怪的声音。如果你在喂马的时候穿过马棚，就可以听到同样的声音。“我想，”她又说下去，“你们的妈妈和爸爸对你们说过你们是多么出色。那么我现在在这里可以正告你们，事实正好相反，你们最好还是相信我的看法。全体立正！”

所有的学生马上站起来。

“现在把你们的双手伸到前面。我走过的时候，我要你们把它们翻过来，让我看看它们是不是两面都干净。”

特朗奇布尔开始慢慢地在一排排课桌之间穿过，检查学生们的手。一切顺利，只是走到第二排一个小男孩面前时，她一下子哇哇大叫起来：“你叫什么名字？”

“奈杰尔。”男孩说。

“奈杰尔什么？”

“奈杰尔·希克斯。”男孩说。

“奈杰尔·希克斯什么？”特朗奇布尔咆哮着。她咆哮得那么响，冲出来的口气几乎把这小家伙吹出窗外去了。

“就叫奈杰尔·希克斯。”奈杰尔说，“除非你还要我多取个名字。”他是个勇敢的小家伙，可以看出来，他努力要不被在他头顶上像座黑塔似的怪物吓倒。

“我不要你多取个名字，你这脓包！”怪物咆哮道，“我的名字叫什么？”

“特朗奇布尔小姐。”奈杰尔说。

“那么对我说话的时候用上它！好，我们再来一次。你叫什么名字？”

“奈杰尔·希克斯，特朗奇布尔小姐。”奈杰尔说。

“这还差不多。”特朗奇布尔说，“你的手太脏了，奈杰尔！上一次什么时候洗的？”

“这个嘛，让我想想，”奈杰尔说，“很难记准确了，可能是昨天，也可能是前天。”

特朗奇布尔像被自行车打气筒打着气那样，她的整个身体和脸都膨胀了起来。

“我知道！”她咆哮道，“我一看见你就知道，你只是一堆垃圾。你爸爸是干什么的，通阴沟的吗？”

“他是个医生，”奈杰尔说，“而且是个好医生。他说我们反正满身都是虫子，再脏一点也没有害处。”

“我很高兴他不是我的医生。”特朗奇布尔说，“那我问你，为什么你的衬衫前面有一颗煮黄豆？”

“我们午饭吃黄豆，特朗奇布尔小姐。”

“你经常把你的午饭吃到你的衬衫前面吗，奈杰尔？是你那位有名的医生教你这样做的吗？”

“黄豆很不容易吃，特朗奇布尔小姐。它们老是从我的餐叉上掉下来。”

“你真讨厌！”特朗奇布尔咆哮着，“你是个会移动的细菌工厂！今天我再不要看见你了！过去站壁角，用一条腿站着，脸对着墙！”

“不过特朗奇布尔小姐……”

“不要和我斗嘴，小家伙，否则我叫你倒过身来用头站！现在照我说的做！”

奈杰尔走过去了。

“现在就待在你那个地方，小家伙。我再来测验你的拼字，看你过去一个星期是不是学会点什么东西。对我说话的时候你不要回过头来，让你那张小臭脸对着墙，好，现在拼‘write’(写)。”

“哪一个？”奈杰尔问道，“是用笔的那个还是‘错’的反义词？”[①]他正好是个少有的聪明孩子，他的妈妈在家花

①在英语里，write（写）和right（对）两字同音，但拼法不同。

了不少工夫教他拼拼读读。

“用笔的那个，你这个小傻瓜。”

奈杰尔拼得完全正确，这使特朗奇布尔大为吃惊。她想她给了他一个非常苛刻的字，他可能还不曾学过，他居然回答对了，她很生气。

接着奈杰尔依然用一条腿平衡着身体站着，面对着墙，说：“昨天亨尼小姐教我们怎样拼一个非常长的新字。”

“是个什么字？”特朗奇布尔很温柔地问。她说话的声音越温柔危险就越大，可是奈杰尔还不知道这个道理。

“Difficulty(难)。”奈杰尔说，“现在班里人人都会拼这个字了。”

“多么荒唐，”特朗奇布尔说，“这样的长字至少到八九岁才学。可别对我说这个字班里人人都会拼。你在对我说谎，奈杰尔。”

“你就找个人考一考吧，”奈杰尔说，干脆冒一下险，“随便找个你喜欢找的人问问。”

特朗奇布尔危险的眼睛在班里闪烁。“你，”她指住一个叫普鲁登斯的很小的女孩说，“你拼这个字。”

奇怪，普鲁登斯毫不迟疑就正确地拼出来了。

特朗奇布尔当真吃了一惊。“哼！”她又哼了一声，“我

想亨尼小姐是浪费了整整一节课的时间教你们拼这么一个字吧？”

“噢，不，她没有花一节课时间。”奈杰尔尖声叫道，“亨尼小姐只花了三分钟就教会了我们这个字。我们永远忘不了它。她教了我们许多字，每个字都只花三分钟。”

“这到底是什么魔法呀，亨尼小姐？”校长问道。

“我来做给你看，”勇敢的奈杰尔又尖声叫嚷着来解救亨尼小姐，“我做给你看的时候，请问我可以把我的另一只脚放下来，并且转过身子吗？”

“两样都不行！”特朗奇布尔厉声说，“就那么单脚站着做给我看。”

“那好吧。”奈杰尔说，一条腿站着晃来晃去，“亨尼小姐每个字教我们一支歌，我们一起唱，一下子就学会了拼那个字。你想听听唱‘difficulty’的这支歌吗？”

“我会听入迷的。”特朗奇布尔用讽刺口气说。

“是这样唱的，”奈杰尔说，“Mrs① D，MrsI，MrsFFI，MrsC，MrsU，MrsLTY，这样拼出来就是‘difficulty’。”

① Mrs 读“蜜色丝”，“太太”的意思。

“真是荒唐透顶！”特朗奇布尔又哼了一声，“为什么所有这些女人都是结了婚的？你是教拼字可不是教诗歌，以后不许这样教了，亨尼小姐。”

“可是这样教他们难字，效果很好。”亨尼小姐喃喃地说。

“不要和我顶嘴，亨尼小姐！”校长吼叫着，“就照我告诉你的办！现在我来考考乘法表，看亨尼小姐在这方面是不是教会你们什么。”特朗奇布尔已经回到全班前面，她那双魔鬼眼睛慢慢地顺着一排排小学生们转。“你！”她指着前排一个叫鲁珀特的小男孩叫道，“二乘七是多少？”

“十六。”鲁珀特傻乎乎地随口说出来。特朗奇布尔开始轻手轻脚地向鲁珀特慢慢地走过去，像一头老虎悄悄走近一头小鹿那样。鲁珀特一下子注意到这个危险信号，赶紧再试着回答，“是十八！”他叫道，“二乘七是十八，不是十六。”

“你这个无知的小鼻涕虫！”特朗奇布尔哇哇叫，“你这个愚蠢的废物！你这个没脑子的小老鼠！你这团浆糊！”她这时候已经站在鲁珀特的正后方，猛地伸出像乒乓球板

大小的大手，成把抓住鲁珀特的头发。鲁珀特有一头长长的金发，他的妈妈认为这头金发很好看，特地让它留长。特朗奇布尔却最不喜欢男孩留长发，就像不喜欢女孩梳辫子一样。她要把她这种不喜欢的态度表示出来，她用巨手抓

住鲁珀特的金色长发，接着右臂的肌肉鼓起，一下子把个呼天天不应叫地地不灵的孩子完全从他的椅子上拎起来，让他悬在空中。

鲁珀特哇哇大叫。他在空中又扭又踢，一个劲儿地像被宰的猪那么哇哇叫个不停。特朗奇布尔小姐咆哮道："二乘七是十四！二乘七是十四！你不说我不放你！"

亨尼小姐从全班后面叫起来："特朗奇布尔小姐！请把他放下来！你要伤着他了！他的头发会全给拉掉的！"

"他再不停止扭来扭去，是真会给拉掉的！"特朗奇布尔哼哼说，"不要动，你这扭来扭去的毛毛虫！"

看着这巨人校长把这小男孩悬空晃来晃去，男孩像在一根线的头上那样旋来转去没命地大叫，真是太不可思议了。

"你说！"特朗奇布尔吼叫，"说二乘七是十四！快说，再不说我要把你上下抻，那你的头发真要全都脱落下来了，正好够我拿来塞沙发！说吧，小家伙！说二乘七是十四，我就松手！"

"二……二……二乘七……七是十……十……十……

四。”鲁珀特喘着气说出来。特朗奇布尔真如她所说的那样让他从空中“吧嗒”落到地上，他还像个足球一样跳了几跳。

“起来，不许哭。”特朗奇布尔厉声叫道。

鲁珀特爬起来，双手抱着头回到他的课桌椅上。特朗奇布尔也回到全班前面。孩子们像被催眠了一样，一动不动地坐在那里。没有一个人以前见过类似的场面。这是一个出色的娱乐节目，比看哑剧还带劲，但是有一个极大的不同。在这个房间里有一个巨大的人弹在他们面前，它随时会爆炸，把什么人炸成碎片。孩子们的眼睛紧张地集中在这位校长身上。“我不喜欢小孩子。”她又在说，“小孩子应该不被任何人看到，他们应该像发夹和纽扣一样放在盒子里不被人看见。我一辈子也想不出来，孩子为什么要花那么长时间才长大起来。我想他们是存心这样的。”

前排另一个极其勇敢的小男孩开口说了出来：“可是你曾经也一定是个小孩子啊，特朗奇布尔小姐，难道不是吗？”

“我从来不是一个小孩子！”她厉声说，“我一辈子都是大人。我不明白别人为什么不能这样。”

“可是你生下来的时候得是个婴儿。”男孩说。

“我！一个婴儿！”特朗奇布尔大叫，“你怎么敢说出这种话来！这么没有礼貌！真该死！你叫什么名字？对我说话的时候要站起来！”

男孩站起来。“我叫埃里克·莫水，特朗奇布尔小姐。”他说。

“埃里克什么？”特朗奇布尔叫道。

“莫水。”男孩说。

“别傻了，小家伙！根本没有墨水这个姓！”

“请看看电话簿吧，”埃里克说，“你会在莫水这个姓下面找到我的爸爸。”

“那好吧，”特朗奇布尔说，“你可能是墨水，年轻人，可是让我告诉你点什么。你不是擦不掉的。如果你想向我卖弄小聪明，我会很快就把你擦掉。你拼what(什么)吧。”

“我不明白你的意思，”埃里克说，“你要我拼什么？”

“拼什么，你这白痴！拼‘what’这个字！”

“W……O……T。”埃里克说，回答得太快了。

一片可怕的寂静。

“我再给你一次机会。”特朗奇布尔动也不动地说。

“啊，对了，我知道了，”埃里克说，“还夹着一个H，W……H……O……T，很简单。”特朗奇布尔两大步就走到埃里克的课桌椅后面，站在那里，在这个孤立无援的男孩头顶上像一根死亡之柱。埃里克心惊胆战地回头看这怪物，“我是对的，不是吗？”他紧张地喃喃说。

“你不对！”特朗奇布尔凶巴巴地说，“事实上，我一看你就是那种样样不对的该死小麻子！你坐的姿势不对！你的样子不对！你说话不对！你什么都不对！我再给你一次机会让你做得对！拼‘What’！”

埃里克犹豫了一阵，接着他很慢地说：“不是W……O……T，也不是W……H……O……T，啊，我知道了，一定是W……H……O……T……T。”

站在埃里克后面的特朗奇布尔，伸出双手，抓住男孩的两只耳朵，用食指和大拇指捏着。

“噢！”埃里克大叫，“噢！你弄痛我了！”

“我还没有开始呢。”特朗奇布尔尖刻地说。现在她狠狠地捏住他的两只耳朵，把他整个人从他的座位上提起来悬在空中。

埃里克像先前的鲁珀特一样哇哇叫得房子都要倒下来了。

亨尼小姐从教室后面叫起来："特朗奇布尔小姐！别这样！请放下他！他的耳朵会拉断的！"

"它们永远不会拉断。"特朗奇布尔叫着回答，"通过我

的长期实践，亨尼小姐，我发现小男孩的耳朵非常牢固地连着他们的头。”

“把他放下来吧，特朗奇布尔小姐，”亨尼小姐恳求她，“你会弄伤他的，真会的！你会一下子把它们拉断的。”

“耳朵拉不断，”特朗奇布尔叫道，“它们只会极其惊人地被拉长，就像这两只现在的样子，但我可以向你保证，它们不会拉断！”

埃里克叫得更响了，同时双腿在空中踢动。

玛蒂尔达还从来没有见过一个男孩，或者任何人，这样被拎着耳朵悬在空中。她和亨尼小姐一样觉得这两只耳朵由于坠着那么重的身体随时都会断掉。

特朗奇布尔在叫："'What'这个字应该拼作W……H……A……T。现在给我拼，你这小肉瘤！"

埃里克毫不迟延，他几分钟前看到鲁珀特已经懂得，回答得越快放得越快。"W……H……A……T，"他大叫道，"拼成What！"

特朗奇布尔仍旧抓住他的两只耳朵，把他放回课桌后面的椅子上。接着她大踏步回到全班前面，拍打双手，好像拿过什么十分肮脏的东西似的。

"就得这样让他们学习，亨尼小姐，"她说，"你记住我的话，只是让他们学没有用。你得用锤子把功课敲进他们的脑袋。再没有比扭和拧更能使他们记住功课的了，这样也能使他们很好地专心起来。"

"你会使他们受伤治也治不好的，特朗奇布尔小姐。"亨尼小姐叫道。

“噢，我已经做到了，我断定我已经做到了。”特朗奇布尔龇牙咧嘴地笑着回答，“埃里克的耳朵在最后两分钟里已经拉长！它们现在要比过去长得多了。这没有坏处，亨尼小姐，这将使他在以后的人生里有一个滑稽的怪模样。”

“可是特朗奇布尔小姐……”

“噢，闭上你的嘴吧，亨尼小姐！你和他们当中任何一个一样蠢。如果你在这里不能适应，你可以到一所供有钱的少爷小姐读书的软绵绵的私立学校去找份工作。等你教书时间有我那么长的时候，你就会明白，对小孩子客客气气毫无用处。读读狄更斯先生的《尼古拉斯·尼克尔贝》吧，亨尼小姐。读读杜塞博伊斯学堂那位可敬的校长瓦克福德·斯奎尔斯吧。他知道怎样对付小坏蛋，不是吗？他知道怎样用桦树条，不是吗？他把他们的屁股抽打得火辣辣的，在上面你可以煎鸡蛋煎熏肉！那是本好书。可是我不相信这群笨孩子会读过它，因为一看他们的样子就知道他们永远学不会读书！”

“我读过。”玛蒂尔达轻轻地说。

特朗奇布尔猛地回过头来，定睛看着坐在第二排的这个黑头发、深棕色眼睛的小女孩。“你说什么？”她尖声细气地问道。

“我说我读过，特朗奇布尔小姐。”

“读过什么？”

“读过《尼古拉斯·尼克尔贝》，特朗奇布尔小姐。”

“你在对我说谎，小丫头！”特朗奇布尔看着玛蒂尔达大叫，“我不相信整个学校有一个孩子曾经读过这本书，可是你，最低班的一个还要用尿布的小不点儿，却想向我撒这么个弥天大谎！你为什么要这样做？你一定把我当傻瓜了！你是把我当傻瓜吗，小丫头？”

“这个嘛……”玛蒂尔达说，接着犹豫了一下，她很想说“是的，我很乐意这样做”，但是那等于自杀。“这个嘛……”她又说了一遍，还是在犹豫，还是拒绝说“不是。”

特朗奇布尔意识到这孩子在想什么，满肚子不高兴。“和我说话的时候要站起来！”她厉声说，“你叫什么名字？”

玛蒂尔达站起来说：“我叫玛蒂尔达·沃姆伍德，特朗奇布尔小姐。”

“沃姆伍德，是吗？”特朗奇布尔说，“那么你一定是开沃姆伍德汽车行的那个人的女儿了？”

“是的，特朗奇布尔小姐。”

“他是一个坏蛋！”特朗奇布尔大叫，“上星期他卖给我一辆旧汽车，说几乎是新的。我当时以为他是个大好人，

可是今天早晨我开着这辆汽车穿过村子的时候整个发动机都掉在路上了！里面全是木屑！那家伙是个贼，是个强盗！我要拿他的皮做香肠，你看我不这样对付他才怪！”

“他做他那门生意才聪明呢。”玛蒂尔达说。

“聪明个屁！”特朗奇布尔大叫，“亨尼小姐告诉我说你也很聪明！哼，小姐，我不喜欢聪明的人！他们全是坏蛋！你一准也是个坏蛋！在我和你爸爸闹翻以前，他对我说了你在家所做的那些坏透了的事！但是你在这学校里最好别打算做这种事，小姐。从现在起我要仔细地盯住你。坐下，不许说话。”

第一个奇迹

玛蒂尔达在她的课桌椅上重新坐下，特朗奇布尔也坐到老师桌子后面去。上这堂课她还是第一次坐下来，接着她伸出手去抓她的水壶。她一只手拿着水壶把手，但是没有拿起来，继续说："我一直弄不明白，小孩子为什么这样讨厌。他们是我生活中的祸害。他们像虫子，越早消灭越好。我喷灭蝇药水、挂捕蝇纸来消灭苍蝇，我常想发明一种药水来消灭小孩子。如果能拿着个巨型喷雾器走进这教室喷这种药水，那该多好啊！再有些巨型黏纸就更妙了。我要把它们挂满全校，把你们全粘到上面去完事大吉。这个主意好吗，亨尼小姐？"

"如果这只是一个玩笑，校长，我并不觉得怎么滑稽。"亨尼小姐从教室后面说。

"你不觉得，是吗，亨尼小姐？"特朗奇布尔说，"这不是个玩笑。我认为一个完美的学校，亨尼小姐，应该根本连个孩子也没有。不久我将办这样一所学校，我想会很成功的。”

“这女人疯了。”亨尼小姐心里说，“她太古怪了，应该消灭的是她。”

特朗奇布尔这才拿起蓝色的大瓷水壶，往她的玻璃杯

里倒水。忽然之间，那条细长的蝾螈和水一起落到玻璃杯里了。扑通！

特朗奇布尔发出一声大叫，从椅子上蹦了起来，就像她身下有个炮仗爆炸了。现在孩子们也看到了那条像蜥蜴的黄肚皮细长蝾螈在玻璃杯里转来转去。他们也转来转去，跳来跳去，大声叫道："那是什么？噢，太恶心了！是条蛇！是条小鳄鱼！这是条鳄鱼！"

"小心，特朗奇布尔小姐！"拉文德叫道，"我敢打赌它会咬人！"

特朗奇布尔这位至高无上的女巨人，穿着她那条绿色裤子站在那里浑身颤动有如牛奶冻。她特别生气的是，竟有人能使她这样大叫着跳起来，因为她一向以自己的天不怕地不怕而自豪。她定睛看着在玻璃杯里翻腾扭动的细长条，太稀罕了，她还从来没有看见过蝾螈。动物学不是她的专长，她根本不知道这是什么动物。它看起来实在极不可爱。特朗奇布尔在她的椅子上慢慢坐下。这会儿她的样子比以往更可怕了，她那双小黑眼睛里充满了愤怒和憎恨的火焰。

“玛蒂尔达！”她厉声道，“站起来！”

“叫谁，叫我吗？”玛蒂尔达说，“我做什么啦？”

“站起来，你这个讨厌的小蟑螂！”

“我什么也没有做，特朗奇布尔小姐，说实话，我什么也没有做。我生下来还没有见过这种瘦长的东西。”

“马上站起来，你这肮脏的小蛆！”

玛蒂尔达勉强站起来。她坐在第二排，拉文德在她后面一排，感到有点抱歉。她并不想给她的朋友带来麻烦，然而她又实在不想自首。

“你是一个卑鄙、可恶、讨厌、恶毒的小畜生！”特朗奇布尔在大叫大嚷，“你不配在这学校里！你该坐牢，这就是你应该去的地方！我要叫你大丢脸，把你从这所学校轰出去！我要让班长们用曲棍球棒把你赶出走廊，赶出校门！

我要校工押你回家！然后我百分之一百地断定，你将被送进关犯罪小姑娘的改造所，至少待上四十年！”

特朗奇布尔气得满脸通红，嘴角都是白沫。但是失去冷静的不仅她一个，玛蒂尔达的脸也开始红起来了。如果真是她做的，她一点也不会感到委屈 ，她会感到那是公正的。但这种事她从来没有碰到过，竟说她做了她完全没有做过的事，她跟玻璃杯里那条可怕的东西毫无关系。天哪，她想，那该死的特朗奇布尔不能把这件事归罪于我！

“我没有做过这件事！”她大声叫道。

“噢，是你做的！”特朗奇布尔咆哮着回答，“没有人会想出这样的恶作剧！你爸爸警告过我，说你会捣乱。他是对的！”那女人看来完全控制不住自己了。她像个疯子一样胡说八道，大喊大叫。“你在这个学校算完啦，小姐！”她大嚷，“你在哪里都完了。我要监视着把你赶到一个连乌鸦屎也落不到你头上的地方！你大概将永远见不到阳光了！”

“我告诉你，我没有做过这件事！”玛蒂尔达大叫，“这种东西我生下来连见也没有见过！”

“你把一……一……一条鳄鱼放在我喝的水里！”特朗奇布尔咆哮着回答，“世界上没有比对抗校长更大的罪恶了。现在坐下，一个字也不要说！好了，马上坐下！”

“可是我告诉你……”玛蒂尔达还是大叫，不肯坐下。

“我叫你闭嘴！”特朗奇布尔咆哮道，“你再不马上闭嘴坐下，我就要解下皮带，让你尝尝有扣子一头的滋味！”

玛蒂尔达慢慢地坐下来。噢！真该死！太不公平了！她怎么敢为了她没有做过的事开除她！

玛蒂尔达感到自己越来越生气……越来越生气……越来越生气……气得忍不住，马上就要气炸了。

那蝾螈仍旧在那个高玻璃杯装的水里扭来扭去，看起来让人极不舒服。杯子对它来说太小了。玛蒂尔达看着特朗奇布尔，她多么恨她呀。她再看那装着蝾螈的玻璃杯，恨不得跑过去把它拿起来连蝾螈带水泼在特朗奇布尔的头上。她想到她真这样做了的话特朗奇布尔会怎样对待她，不禁发起抖来。

特朗奇布尔坐在老师桌子后面，既恐惧又着迷地看着蝾螈在玻璃杯里扭动。玛蒂尔达的眼睛也盯住玻璃杯。这时候，一种极其异常和特别的感觉开始慢慢地冲上玛蒂尔达的头。这种感觉主要在眼睛里，里面好像积聚起一种电力，一种力的感觉正在她那双眼睛里萌生，她的眼睛深处渐渐感到了一种巨大力量，但其中还有另一种感觉，她说不出来这是一种什么感觉，像是闪电。闪电的微波似乎从她的眼睛里放射出来，她的眼球开始发热，仿佛在那里面什么地方正在积聚着巨大的热能，这是一种惊人的感觉。她两眼继续紧紧盯住玻璃杯，现在这种力集中在每只眼睛的一点上，越来越强，越来越强，只觉得像是几百万只看不见的小手从她的两眼射向她正在盯着看的玻璃杯。“把它推翻！”玛蒂尔达悄悄地说，“把它推翻！”

她看到玻璃杯动起来了。它当真向后侧转了一英寸的几分之一，接着又恢复了原状。她让眼睛里射出来的几百万只看不见的小手继续推那玻璃杯，只觉得这股力是直接从她的两个眼球中心的两个小黑点里放射出去的。

“把它推翻！”她又悄悄地说，“把它推翻！”

玻璃杯又动了。她推得更用力了，希望她的眼睛放出更多的力。接着很慢很慢，慢得她都很难看出来，玻璃杯开始向后侧转了，越侧越低，越侧越低，最后只靠杯子的一点底边平衡着。玻璃杯就这样摇摇欲坠地停了几秒钟，最后一下子很响的“哐当”一声，倒在了桌子上。杯里的水和扭动着的蝾螈全泼到特朗奇布尔小姐的大胸部上。校

长发出一声急叫，全校每一个玻璃窗准都震动了，同时她在五分钟内第二次从她的椅子上像火箭一样蹿起来。蝾螈拼命抓住她那件布罩衫的大胸部，用爪子似的小脚抓住了挂在那里。特朗奇布尔低头看见它，哇哇叫得更厉害了，用手一扫，蝾螈飞了起来，正好落在拉文德课桌旁边的地板上。她赶紧弯腰把它捡起来，再一次放进她的铅笔盒。她拿定主意，蝾螈在这里可是大有用处。

特朗奇布尔的脸更像熟火腿了，她坐在全班面前气得浑身发抖。她的大胸部一起一伏，水流下来湿漉漉的，大概已经渗透到里面皮肤上了。

“这是谁干的？”她咆哮道，“说啊！招认吧！走出来。这一次逃不掉了！这件坏事是谁干的？谁推翻了这个玻璃杯？”

没有人回答，整个教室静得像个坟墓。“玛蒂尔达！”她咆哮道，“是你！我知道是你！”

玛蒂尔达坐在第二排一动也不动，一声也不响。她全身掠过一种镇静和自信的奇怪感觉，一下子发觉自己天不怕地不怕了。就用她眼睛发出来的这种力，她已经推翻了一杯水，使水连同蝾螈泼在了可怕的校长身上。能做到这件事的人是什么事也做得到的。

“开口啊，你这个毒瘤！”特朗奇布尔咆哮道，“承认这件事是你做的吧！”

玛蒂尔达笔直地回看她，盯住这气急败坏的女巨人的闪光眼睛，十分平静地说："从上课起我就没有离开过我的课桌，特朗奇布尔小姐。我没有别的话说了。"

全班同学好像忽然一致对抗起校长来。"她是没有动过！"他们叫起来，"玛蒂尔达是没有动过！没有一个人动

过！你一定是自己把它打翻了！"

"我自己肯定没有打翻它！"特朗奇布尔咆哮道，"你们怎么敢说出这种话来！你说吧，亨尼小姐！你一定全都看见了！是谁弄翻了我的玻璃杯？"

"孩子们一个也没做，特朗奇布尔小姐。"亨尼小姐回答说，"我可以担保，你来了以后没有一个孩子离开过课

桌，除了奈杰尔，他也没有离开过他的墙角。”

特朗奇布尔看着亨尼小姐。亨尼小姐接触到她的眼光时一点也不畏缩。“说实话，校长，”她说，“你一定是把它打翻了自己也不知道。这种事是很容易发生的。”

“你们这群小废物让我受够了！”特朗奇布尔咆哮着，“我不愿意在这里浪费我宝贵的时间！”她说着大踏步走出教室，随手把门用力地关上。

在接下来的一片寂静中，亨尼小姐走到全班面前，站在她的桌子后面。“呼！”她吐了口气，“我想我们今天的课上够了，你们说呢？现在下课，你们可以到操场上去等你们的爸爸妈妈来接你们回家。”

第二个奇迹

玛蒂尔达没有和大家一起奔出教室。其他孩子都走了以后，她留在她的课桌椅上，十分安静，想着心事。她知道她得找个人说说玻璃杯的事。她不可能把这么大的一个秘密藏在心里。但她所需要的只是一个人，一个聪明又有同情心的大人，能够帮助她弄明白这件异常事件的意义。

她的妈妈或者爸爸都不行。即使他们相信她说的话——这是值得怀疑的,他们也绝不可能理解那天下午在教室里发生的是一件何等惊人的事。玛蒂尔达不假思索就做出了决定,只有一个人她能吐露秘密,这个人就是亨尼小姐。

如今教室里只剩下玛蒂尔达和亨尼小姐两个人了。亨尼小姐正坐在她的桌子旁边翻着一些纸。她抬起头来说："怎么，玛蒂尔达，你没有和其他同学一起出去？"

玛蒂尔达说："对不起，我可以和你谈一会儿吗？"

"当然可以。你遇到什么麻烦啦？"

“我干了一件非常古怪的事，亨尼小姐。”

亨尼小姐马上竖起耳朵听。为了玛蒂尔达，她最近接连两次找人谈话碰了大钉子，第一次是和校长谈话，第二次是去找可怕的沃姆伍德先生和太太谈话。这以后，亨尼小姐关于这孩子考虑了很多，不知道怎样才能帮助她。现在玛蒂尔达就坐在这教室里，脸上带着奇怪的兴奋表情，问是不是可以和她私下谈谈。亨尼小姐还没有见过她这种样子：眼睛睁得老大，表情如此古怪。

“好吧，玛蒂尔达，”她说，“你把你干的那件非常古怪的事告诉我吧！”

“特朗奇布尔小姐不会开除我，对吗？”玛蒂尔达问道，“因为不是我把那东西放在她那壶水里的。我向你保证不是我。”

“我知道不是你。”亨尼小姐说。

“我会被开除吗？”

“我想不会，”亨尼小姐说，“校长只是有点过于激动罢了。”

“那就好。”玛蒂尔达说，“不过这不是我想和你谈的

事。”

“那么你要和我谈的是什么事呢，玛蒂尔达？”

“我要和你谈的是装着那只东西的那杯水。”玛蒂尔达说，“你看见它翻倒了，水都泼在特朗奇布尔小姐身上，对吗？”

“对，我看见了。”

“是这么回事，亨尼小姐，我没有碰它，我根本没有靠近过它。”

“我知道你没有。”亨尼小姐说，“你听见我告诉校长了，这件事不可能是你做的。”

“唉，可这件事是我做的，亨尼小姐。”玛蒂尔达说，“这正是我要和你说的事。”

亨尼小姐沉默不语，仔细地看了她一会儿。“我想我没明白你的意思。”她说。

“被人说我做了我没有做过的事，我太生气了，于是我让这件事情发生了。”

“你让什么事情发生啦，玛蒂尔达？”

“我让那玻璃杯翻倒了。”

“我还是不大明白你的意思。”亨尼小姐轻轻地说。

“我是用我的眼睛做的。”玛蒂尔达说，“我看着它，希望它翻倒，接着我的眼睛热了，很奇怪，一种力从我的眼睛里发射出来，那玻璃杯就翻倒了。”

亨尼小姐继续透过她的钢丝边眼镜定睛看着玛蒂尔达。玛蒂尔达也同样定睛回看她。

“我还是不明白你的意思。”亨尼小姐说，“你是说当真是你将玻璃杯翻倒的吗？”

“是的，”玛蒂尔达说，“用我的眼睛。”

亨尼小姐沉默了一会儿。她不认为玛蒂尔达是在说谎，更可能是她在驰骋她丰富的想象。“你是说你坐在你现在坐着的地方吩咐玻璃杯翻倒，它就翻倒了？”

“差不多是这样，亨尼小姐，是这样。”

“如果你真做到了,那么这就是耶稣时代以后一个人所能创造的最伟大的奇迹。”

“我做到了，亨尼小姐。”

“太稀奇了。”亨尼小姐心里说,“小孩子常常会幻想出这样的事情来。”她决定尽可能淡淡地结束这件事。“你能再做一遍吗？”她说，丝毫不是不客气的样子。

“我不知道,”玛蒂尔达说，“但是我想也许能做到。”

亨尼小姐这时候把空玻璃杯放到桌子当中。“要我倒点水进去吗？”她略带微笑问道。“我想放不放水没有关系。”玛蒂尔达说。

“那很好。现在让它翻倒吧。”

“可能需要点时间。”

“随你花多少时间,”亨尼小姐说，“我没事情。”

玛蒂尔达坐在第二排，离亨尼小姐约十英尺，用两个

胳膊肘撑着课桌，双手捧着脸，这一回她一开始就下命令。“把玻璃杯推翻，把它推翻！”她吩咐道，但她的嘴唇没有动，也没有发出声音，她只是在头脑里叫喊这句话。现在她把整个心、整个脑子和全部意志都集中到她的眼睛里。她再一次——这一次比上次快得多——感到电流聚集起来，力开始涌现，眼球发热，接着它的几百万只看不见的小手向玻璃杯发射出去。她无声地在头脑里呼唤：把玻璃杯推翻。她看见它动了，接着侧转，接着“哐当”一声翻倒在桌面上，离亨尼小姐交叉着的手臂不到十二英寸。

亨尼小姐的嘴张开了，眼睛瞪得可以看到眼珠周围的

眼白。她一个字也没有说，她说不出来。亲眼看到奇迹发生使她震惊得呆住了。她看着玻璃杯，把身子离开远一点，好像它是一样危险的东西。接着她慢慢地抬起头来看玛蒂尔达，这孩子脸色发白，白得像纸，浑身颤抖，眼睛闪光，直视着前方却什么也看不见，整张脸变了形，眼睛又圆又亮。她坐在那里一言不发，在一片寂静中美极了。

亨尼小姐等待着，她也有点发抖，看着这孩子慢慢地恢复神智。接着忽然之间，她的脸一下子显出几乎天使般的宁静。“我没事，”她微笑着说，“我很好，亨尼小姐，你不要怕。”

“你好像离得那么远。”亨尼小姐敬畏地轻轻说。

“噢，我刚才是这样的。我展开银色的翅膀飞过了星星，”玛蒂尔达说，“真是妙极了。”

亨尼小姐依然极其惊讶地看着这孩子，好像这是开天辟地，是世界的开始，是第一个早晨。

“这一次快得多。”玛蒂尔达安静地说。“这是不可能的！”亨尼小姐在喘气，“我不相信！我就是不相信！”她把眼睛闭上好一会儿。等到重新张开，她好像已经振作起来了。“你愿意去我的农舍吃茶点吗？”

“噢，我太愿意了。”玛蒂尔达说。

“好，你把东西收拾一下，过两分钟我们在外面碰头。”

“你不会把这件……这件我所做的事情告诉任何人的，对吗，亨尼小姐？”

“我想也没想过要告诉别人。”亨尼小姐说。

亨尼小姐的农舍

亨尼小姐在校门外和玛蒂尔达碰头，两人一起默默地穿过村子的大街。她们经过橱窗里摆满苹果和橘子的水果店，经过陈列着血淋淋的一块块肉和吊着一只只光鸡的肉店、小银行、百货店和电器店，来到村子另一头一条窄路上，那里没有人，也没有什么汽车。

现在只剩下她们两个了，玛蒂尔达忽然变得极其兴奋。她内心里好像打开了阀门，一大股精力放了出来。她蹦蹦跳跳走在亨尼小姐身边，张舞着手指像是要把它们散发到四面八方，她的话像连珠炮似的毕毕剥剥说得飞快。亨尼小姐，是这样，亨尼小姐，是那样，亨尼小姐，我确实感到我能移动世界上几乎任何东西，不仅是弄翻玻璃杯和诸如此类的小东西……我觉得我能弄翻桌子和椅子，亨尼小姐……甚至人坐在椅子上，我想我也能连人带椅子弄翻，还能弄翻更大的东西，比椅子和桌子大得多的东西……我

只要花时间使我的眼睛加强力量，然后把这股力量推出去，推到我狠狠地盯住看了足够时间的东西上……我得狠狠盯

着它看，亨尼小姐，非常非常狠地盯着它看，然后我能感觉到我眼睛后面发生变化，我的眼睛热得像在燃烧，然而我一点儿也不管，最后，亨尼小姐……

“安静下来，孩子，安静下来。”亨尼小姐说，“让我们在事情才开始的时候不要过分激动。”

“可你的确认为这件事情很有趣，对吗，亨尼小姐？”

“噢，没错，是很有趣，”亨尼小姐说，“而且不仅是有趣。不过从现在起，我们必须非常谨慎地行动，玛蒂尔达。”

“为什么我们必须谨慎地行动呢，亨尼小姐？”

“因为我们是在玩弄我们一无所知的一种神秘魔力，孩子。我不认为这魔力是邪恶的，它可能是好的，甚至可能是神圣的。不过不管是抑或不是，让我们谨慎地掌握它们。”

这是聪明人说出来的聪明话，但是玛蒂尔达太激动了，不这么想。“我不明白我们为什么要这样谨慎？”她说，仍旧在蹦蹦跳跳。

“我正在试图向你解释。”亨尼小姐耐心地说，“我们是在和一种不知道的东西打交道。这是一种无法解释的东西，正确的说法是一种现象。这是一种现象。”

“我是一种现象吗？”玛蒂尔达问道。

“很可能你是一种现象，”亨尼小姐说，“不过我宁愿你暂时不要把自己想得那么特别，我想我们可以把这种现象再稍微进一步探索一下，就我们两个，而且保证一直非常谨慎地进行。”

“那么你要我再做几次吗，亨尼小姐？”

“这正是我想对你建议的。”亨尼小姐小心地说。

“好极了。”玛蒂尔达说。

“我对你所做的事，”亨尼小姐说，“可能比你更感到吃惊，我正在试图找到更合理的解释。”

“比方说呢？”玛蒂尔达说。

“比方说这和你少有的早熟是不是有关呢？”

“‘早熟’到底是什么意思？”玛蒂尔达说。

“一个早熟的儿童，”亨尼小姐说，“是极早就显示出惊人智力的儿童。你是一个早熟得叫人无法相信的孩子。”

“我真是这样的孩子吗？”玛蒂尔达问道。

“你当然是的。你必须看到这一点。瞧你的阅读，瞧你

的数学。”

“我想你是对的。”玛蒂尔达说。

亨尼小姐很奇怪这孩子会没有意识到这件事并感到得意。

“我不禁想，”她说，“你身上突然产生的这种能力，即不碰就能移动一样东西，是不是可能和你的智能没有关系。”

“你是说，我的脑袋里可能容不下所有的脑力，因此有些就得推出来吗？”

“我的意思不完全是这样。”亨尼小姐微笑着说，“但不管是怎么回事，我再说一遍，我们从现在起必须谨慎行事。我还记得你后来一次把玻璃杯推翻以后，你脸上那种奇怪和遥远的眼光。”

“你认为做这种事真会伤害我吗？这是你正在想的吗，亨尼小姐？”

“它使你感觉十分古怪，对吗？”

“它使我感觉很舒服。”玛蒂尔达说，“有一会儿我展开了银色翅膀飞过星星。这件事我已经跟你说过了。要我再告诉你点别的事情吗，亨尼小姐？第二次更容易做到，容易得多了。我想这和别的事情一样，练习得越多，做起来越容易。”

亨尼小姐慢慢地走，玛蒂尔达不用跑得太快，就能跟上她。如今外面这条窄路上十分安静，村子已经落在她们后面。这是一个金色的秋日下午，树篱里有黑刺莓和一簇簇铁线莲，山楂果正在成熟，红艳艳的，等着寒冬来时给小鸟吃。路两旁到处有高大的树，橡树、槭树和桉树，有时候还会有棵栗树。亨尼小姐想暂时改变话题，把这些树名讲给玛蒂尔达听，还告诉她怎样从它们的叶子形状和树皮纹路认识它们。玛蒂尔达把这些一一记住，仔细地把这些知识积累在心中。

她们最后来到路左边的一处树篱缺口，那里有一道五根横木做的栅门。“到这儿来。”亨尼小姐说着打开栅门，带着玛蒂尔达进去，重新把栅门关上。她们现在走在一条狭窄的小径上，它不比一条大车的车辙宽多少。小径两边各有一排高高的榛树，可以看到一簇簇绿壳包着的成熟褐色榛果。亨尼小姐说，松鼠很快就能采集它们，小心地把它

们储存起来，过快要来临的阴冷日子。

“你是说，你就住在这里吗？”玛蒂尔达问道。

“我就住在这里。”亨尼小姐回答，但是没有再说什么。

玛蒂尔达从来也没有想过亨尼小姐住在什么地方。她一直只是把她看成一位老师，一个来自不知道什么地方的人，在学校里教课，教完课又走了。她想：“我们有哪个孩子曾经问过自己，我们的老师下课以后到什么地方去了呢？我们想过她们是一个人生活的，抑或家里有个妈妈，

或者姐妹，或者丈夫吗？”“你就自己一个人生活，亨尼小姐？”她问道。

“是的，”亨尼小姐说，“是这样。”

她们正走在一些太阳晒干了的深深的泥脚印上，如果想不扭伤脚踝，就得小心看着把脚往哪里放。周围什么也没有，只有几只小鸟停在附近的榛树树枝上。

“这只是一座农场工人的农舍，”亨尼小姐说，“你可别指望它太好。我们差不多到了。”

她们来到一个绿色小栅门前，它右边一半埋没在树篱里，几乎被悬挂着的榛树树枝遮住。亨尼小姐把一只手放在栅门上，停了一下才说："到了，那就是我住的地方。"

玛蒂尔达看到一条很窄的泥路通到一座很小的红砖农舍，它小得更像玩具房子而不是人住的。房子的砖又旧又脆，红色已经变淡，灰石板砌的屋顶上有个小烟囱。房子前面有两个小窗子，每个窗子不比一张小报大。一眼就看到门前没有台阶，小路两边是荒芜的荨麻、黑刺莓矮树丛和高高的棕色乱草。一棵巨大的橡树向农舍投下浓荫，它张开的浓密树枝好像抱住了这所小房子，也许是要把它藏起来使它和外界隔绝。

亨尼小姐一只手仍旧扶着那还没有打开的栅门，转脸对玛蒂尔达说："一位叫迪兰·托马斯[①]的诗人曾经写过几行诗，每次我一走上这条小路就会想起它们来。"

玛蒂尔达等着，亨尼小姐用十分出色的缓慢声调开始背诵这首诗：

①迪兰·托马斯（1914—1953），英国最后一位浪漫派抒情诗人。

“我的小女孩在炉边故事里来回驰骋，听入了迷，睡着了。可永远永远不要害怕，或者相信，那只披着白羊皮

的狼正慢慢地跑来，装出咩咩的声音叫着，然后，哎哟哟，从它躲着的浸满露水的积叶中跳出来，要在玫瑰林中这所房子里吃你的心脏。”

静寂了片刻。玛蒂尔达从来没有听过朗诵的伟大的浪漫派诗歌，这时候她被深深感动了。“它像音乐。”她轻轻地说。

“它是音乐。”亨尼小姐说。接着，她好像因为把自己隐蔽得那么深的心情泄露了出来而感到很不自在，很快地推开栅门，走上小路。玛蒂尔达畏缩不前。她现在对这个地方有点怕起来了，它看起来那么不真实，那么偏僻，那么怪异，那么远离现实世界，像《格林童话》或者《安徒生童话》里的一幅插图。它是贫穷的樵夫跟汉塞尔和格蕾特尔[①]住的房子，小红帽的奶奶住的房子，也是七个小矮人、三只熊和其他童话人物住的房子。它是直接从童话中走出来的。

“来吧，我亲爱的。”亨尼小姐回头叫她。玛蒂尔达跟

① 《格林童话》中的人物。

着她在小路上走着。

前门上绿漆剥落，没有门锁。亨尼小姐只是提起门闩，就推开门进去了。她个子虽然不高，但进门时还是要稍稍地弯下腰。玛蒂尔达跟着进去，一下子好像到了一条黑暗的窄隧道里。

“你到厨房来帮我沏茶。”亨尼小姐说着带路沿隧道走

进厨房——如果能把它叫做厨房的话。它不比一个大的衣橱大多少，后墙有一个小窗，窗下有一个洗物盆，但是盆上没有水龙头。另一边墙上有一个架子，显然是做菜用的。架子上方有一个小柜子。架子上有一个打气炉、一个长柄锅和半瓶牛奶。打气炉是野营用的那一种，里面装汽油，在顶上把火点着，一打气火就旺起来了。

“我点炉子的时候，你去给我打点水来。”亨尼小姐说，“井在屋后面。把水桶拿去，它在这里。你在井里会找到一根绳子，把水桶钩在绳子头上放下去就行了，不过你自己可小心着别掉到井里去。”玛蒂尔达这时候更加糊涂了，拿起水桶就到外面后花园去。这口井顶上盖着个小木棚，井上有个简单的卷绕装置，一根绳子垂到下面的无底洞里。玛蒂尔达把绳子拉上来，把水桶把手钩到绳子头上。接着她把水桶放下去，直到听见“扑通”一声水响，绳子松开了。然后她把绳子重新拉上来，一看，水桶里装满水了。

“这桶水够吗？”她把水拿进去时问道。

“够了。”亨尼小姐说，“这种事我想你以前没有做过吧？”

“从来没有。”玛蒂尔达说，“真有趣。你怎么弄到足够的水放满你的浴缸呢？”

“我没有浴缸。”亨尼小姐说，“我站着淋浴。我把一桶水在这小炉子上烧热，然后脱掉衣服淋身子。”

“你真这么洗澡吗？”玛蒂尔达问道。

“我当然这么洗澡。”亨尼小姐说，“直到不太久以前，英国所有穷人都是这样洗澡的。他们还没有打气炉，只好在灶上烧水呢。”

“你穷吗，亨尼小姐？”

“是的，”亨尼小姐说，“非常穷。这个小炉子很好，不是吗？”打气炉冒出强烈的蓝色火焰，咕咕响着熄灭了。锅里的水已经在冒泡。亨尼小姐从小柜子里拿下一个茶壶，放了点茶叶进去。她找来半个小黑面包，切下薄薄两片，从一个塑料盒里切出一些人造牛油抹在上面。

“人造牛油。”玛蒂尔达想，“她的确很穷。”

亨尼小姐找来一个托盘，把两个杯子、那把茶壶、半瓶牛奶和装着那两片面包的一个碟子放在上面。“可惜我没有糖，”她说，“我从来不吃糖。”

“没关系。”玛蒂尔达说。她以她的聪明，似乎注意到不要破坏这美好的情调，竭力小心着不说什么话使亨尼小姐感到窘迫。

“让我们到客厅里去吃吧。”亨尼小姐说着端起托盘，带路走出厨房，穿过那狭小的黑隧道走进前面的房间。玛蒂尔达跟在后面，可是一进那个所谓的客厅的门，她一下子停下来了，吃惊地四下打量。房间四四方方，很小，空荡荡的，像个牢房。暗淡的光线从前面墙上一个小窗口透进来。房间里就只有这一个窗子，而且没有窗帘。整个房间里仅有的东西就是两个当椅子用的翻转的木箱，还有一个放在它们中间当桌子用，就这些了。墙上没有画，地板上没有地毯，只有没漆过的粗糙木板条，木板条间有缝，积着灰尘和污垢。天花板低得玛蒂尔达一跳就几乎能用手指尖碰到它。墙是白的，不过不像是漆的。玛蒂尔达用手掌去擦擦它，白粉就粘在了皮肤上。是白灰水，用来粉刷牛栏、马厩、鸡埘的便宜东西。

玛蒂尔达大为震惊。这真是她那位干净和衣着整洁的老师住的地方吗？这就是她工作了一天回来休息的地方吗？这简直叫人没法相信。为什么会这样呢？这里一定有什么蹊跷。

亨尼小姐把托盘放在一个翻转的木箱上。“坐下吧，我亲爱的，坐下吧。”她说，“我们来好好喝杯热茶。请吃面包吧，两片面包都是给你的，我回家从来不吃东西。我在学校食堂吃上一顿中饭，能维持到第二天早晨。”

玛蒂尔达小心地坐在一个翻转的木箱上。主要是出于礼貌，她拿起一片抹上人造牛油的面包吃起来。在家她可要吃抹上草莓酱和牛油的吐司，也许再加一块松糕。不过这样更有趣。这座房子里有秘密，有重大的秘密，这是毫无疑问的，玛蒂尔达急于要找出这个秘密是什么。

亨尼小姐斟好茶，在两杯茶里都加上点牛奶。她坐在空荡荡的房间里一个翻转的木箱上，喝着平放在膝盖上的一杯茶，一点也没有不舒服的样子。

“你知道，”她说，“我一直在用心想你弄翻玻璃杯的事。你被赋予了巨大的力量，我的孩子，这你知道。”

“是的，亨尼小姐，我知道。”玛蒂尔达嚼着抹了人造牛油的面包，回答说。

“据我所知，”亨尼小姐说下去，“在世界历史上至今还没有人能够不碰、不吹，完全不靠外力帮助就能使一样东西移动。”

玛蒂尔达点点头，但是没说什么。

“使人最感兴趣的就是，”亨尼小姐说，“要找到你这种力量的极限。噢，我知道你自以为能够移动任何东西，但是我怀疑这一点。”

“我很想试一下真正大的东西。”玛蒂尔达说。

“那么距离呢？”亨尼小姐问道，“你一直得靠近你要移动的东西吗？”

“我根本不知道。”玛蒂尔达说，“不过弄清这件事会很有趣。”

亨尼小姐的故事

“这件事情我们不忙，”亨尼小姐说，“让我们再喝一杯茶吧。请一定吃掉第二片面包，你一定饿了。”

玛蒂尔达拿起第二片面包，开始慢慢地吃起来。人造牛油根本不坏，如果不知道是人造牛油，她恐怕说不准自己是不是能分辨出来。“亨尼小姐，”她忽然说，“我们的学校付你的工钱很少吗？”

亨尼小姐猛地抬起头来。“不太少。”她说，“我得到的工钱和其他老师得到的差不多。”

“如果你穷成这样，那么还是很少的。”玛蒂尔达说，“所有的老师都这样过吗？没有家具，没有厨房炉灶，没有浴室？”

“不，他们不是这样。”亨尼小姐十分严肃地说，“我只不过正好是个例外。”

“我想你只不过正好是喜欢过非常简朴的生活吧？”玛

蒂尔达说，想探听下去，“这样，屋里打扫起来要容易得多，没有需要擦的家具，没有摆满屋子每天需要擦拭的无聊小摆设。我还想，你没有冰箱，也就用不着出去买鸡蛋、蛋黄酱和冰淇淋这类乱七八糟的东西把它塞满了。这样一定省掉许多买东西的麻烦事。”

这时候玛蒂尔达注意到，亨尼小姐的脸绷紧了，神情十分古怪。她的整个身体发僵，双肩耸起，嘴唇紧抿，坐在那里用双手捧住那杯茶，低头看着它，像是在寻找一个

办法回答这种不太天真的问题。

随之而来的是相当长和使人难受的寂静。在三十秒钟里，小房间的气氛完全变了，现在它颤动着一种尴尬和神秘的空气。玛蒂尔达说："我很抱歉问了你这些问题，亨尼小姐。它实际上和我一点关系也没有。"

亨尼小姐听了这话好像醒悟过来了。她双肩抖了抖，接着很小心地把她的茶杯放到托盘上。

"为什么你不该问呢？"她说，"到头来你一定会问的。你太聪明了，不会不觉得奇怪。说不定我甚至要你问，也许正因为这个缘故我才请你到这里来的。老实说，自从我两年前搬到这农舍来以后，你是第一位来访的人。"

玛蒂尔达没有说话。她能够感觉到房间里的气氛越来越紧张。

"你比同龄的孩子要聪明得多，我亲爱的，"亨尼小姐说下去，"这使我十分震惊。你看上去像个孩子，但实际上你根本不是个孩子，因为你的心灵和理解力似乎已经完全成熟了。因此我想，我可以把你称做一个成熟了的孩子，如果你理解我的意思的话。"

玛蒂尔达还是不说话，她在等着听下去。

“直到现在，”亨尼小姐说下去，“我感到我不可能对任何人讲我的问题，我无法面对使我感到尴尬的局面，总之我缺乏勇气。在我还小的时候，我的勇气就被打掉了，但是现在，我忽然渴望想要把所有的事情讲给什么人听听。我知道你只是一个很小的小姑娘，但你身上有一种魔力，我亲眼看到过它了。”

玛蒂尔达竖起了耳朵。她在听着的声音显然是呼救。一定是的，只能是呼救。

接着这声音又响起来。“再喝点茶吧，”她说，“我想还有一点儿。”

玛蒂尔达点点头。

亨尼小姐把茶斟在两个茶杯里，加上点牛奶。她用双手捧着她的茶杯，坐在那里啜饮着。

很长一阵寂静之后，她说：“我可以给你讲一个故事吗？”

“当然。”玛蒂尔达说。

“我二十三岁了。”亨尼小姐说，“生下来时，我爸爸是

这村子里的医生。我们有一座很好的旧屋，很大，红砖盖的，它藏在山冈后面的林子里。我想你不会知道它。”

玛蒂尔达保持沉默。

“我就生在那里，”亨尼小姐说，“接着发生了第一件不幸的事情：我两岁的时候我的妈妈去世了。我爸爸是个忙碌的医生，只好请人来管家并且照顾我。于是他请我妈妈没有结婚的妹妹，我的姨妈，来和我们住在一起。她答应了，她来了。”

玛蒂尔达仔细地听着。“你姨妈来的时候有多大？”她问道。

“不太大，”亨尼小姐说，“我想是三十岁左右吧。但是从她一来我就不喜欢她，我非常想念我的妈妈。姨妈可不是一个善良的人。这一点我爸爸不知道，因为他难得在家，但只要他一露脸，姨妈的态度就完全两样了。”

亨尼小姐停下来，啜饮着她的茶。“我想不出我为什么要把这一切告诉你。”她很窘地说。

“请说下去。”玛蒂尔达说。

“好吧，”亨尼小姐说，“接着又发生了第二件不幸的事情：我五岁那年，我爸爸很突然地死了。今天他还在，第二天却死了。于是剩下我一个人同我姨妈住在一起。她成了我的法定监护人，对我享有父母同样的权力，同时她又成了那房子的实际所有者。”

“你爸爸是怎么死的？”玛蒂尔达问道。

“你会问这个问题，真是太有意思了。”亨尼小姐说，“我自己当时太小，还不会问这个问题。但是后来我发现，围绕着他的死有许多神秘的问题。”

“大家难道不知道他是怎么死的吗？”玛蒂尔达问道。

“不太知道。”亨尼小姐犹豫地说，“你知道，没有人能相信他会做那样的事。他是一个非常健全和明智的人。”

“他做什么事了？”玛蒂尔达问道。

“自杀。”

玛蒂尔达呆住了。“他这样做了？”她喘了口气。

“看起来好像是这样。”亨尼小姐说，“但是谁知道呢？”她耸耸肩膀，转脸往小窗子外面看。

“我知道你在想什么，”玛蒂尔达说，“你想是姨妈谋杀了他，却使人看来他是自杀的。”

“我什么也没有想。”亨尼小姐说，“这种事情没有证据绝对不可以这样想。”

小房间里变得很静，玛蒂尔达注意到她捧着茶杯的手在微微发抖。“这以后发生什么事了？”她问道，“剩下你孤零零一个人和这姨妈在一起住的时候，发生什么事情了？她对你好吗？”

“好？”亨尼小姐说，“她是一个恶魔。我爸爸一没有，她就变成了一个极其可怕的人。我的生活像是噩梦。”

“她怎么对待你的？”玛蒂尔达问道。

“我连说都不想说，”亨尼小姐说，“太可怕了。到最后我对她怕成这样，她一进房间我就浑身发抖。你必须明白，我从来不是一个像你那样坚强的人，我总是胆小怕事。”

“你没有别的亲戚吗？”玛蒂尔达问道，“比如你的叔伯、姑妈或者奶奶？”

“我一个也不认识，”亨尼小姐说，“他们不是死了就是去了澳大利亚。现在还是这样。”

“这么说，你和你的姨妈住在一起，孤零零一个人在那房子里长大。”玛蒂尔达说，“可是你一定上学了。”

“当然。”亨尼小姐说，“我进了你现在上学的同一所学校，但我还得住在家里。”亨尼小姐停下来，看着她的空茶杯。“我想我要向你解释的是，”她说，“这些年下来，我完全被我姨妈这恶魔吓坏和控制住了，只要她吩咐一声，不管什么事我都马上服从。你知道，这种情形是会有的。到我十岁的时候，我成了她的奴隶，做所有的家务，给她铺床，替她洗熨衣服，烧饭，学做各种事情。”

“不过你完全可以找人诉苦吧？”玛蒂尔达说。

“找谁？”亨尼小姐说，“而且我吓得不敢诉苦。我对你说过了，我是她的奴隶。”

“她打你吗？”

“细节我们就不要说下去了。”亨尼小姐说。

“真是那么可怕呀！”玛蒂尔达说，“你差不多一直在哭吧？”

“只有剩我一个人的时候才哭。”亨尼小姐说，“在她面前是不许哭的。我生活在恐惧之中。”

“你离开这学校以后怎么样呢？”玛蒂尔达问道。

“我是个优秀的学生，”亨尼小姐说，“我很容易就可以进大学，但这连想也不要想。”

“为什么，亨尼小姐？”

“因为我要在家里干活。”

“那么你怎么成为教师的？”玛蒂尔达问道。

“雷丁城有一家师范学院，”亨尼小姐说，“从这里去只要坐四十分钟公共汽车。我得到允许到那里去上课，条件是每天下午一放学就得直接回家洗熨衣服、收拾房子、做晚饭。”

“那时候你几岁？”玛蒂尔达问道。

“我进师范学院那年是十八岁。”亨尼老师说。

“你可以干脆收拾东西走掉啊！”玛蒂尔达说。

“我得找到工作才能走。”亨尼小姐说，“别忘了我当时被我姨妈完全控制住了，这种事连想也不敢想。你想象不出来，被一个非常强有力的人完全控制住是怎么回事。她使你软弱成一摊烂泥。就是这样，这是我悲惨的生活故事。现在我已经说得够多了。”

“请不要停止，”玛蒂尔达说，“你还没有说完。你最后是怎么离开了她，住到这所滑稽的小房子里来的？”

“噢，那倒可以说说，”亨尼小姐说，“这件事我感到自豪。”

“讲给我听吧。”玛蒂尔达说。

“是这样，”亨尼小姐说，“当我得到了我的教师工作，我姨妈说我欠了她一大笔债。我问她为什么，她说：‘因为我养了你，所有这么些年给你吃，给你买鞋子买衣服。’她说加起来有好几千英镑，以后十年，我要把我的薪水都给她，好还清这笔债。‘每星期我给你一英镑零用钱。’她说，‘你能到手的就这么多了。’她甚至和学校当局讲定，把我的薪水直接付到她的银行账户上去。她迫使我在文件上签了字。”

“你不该这样做，”玛蒂尔达说，“你的薪水是你获得自由的机会。”

“我知道，我知道，”亨尼小姐说，“但那时候我几乎一直都在做她的奴隶，我没有勇气不答应。我依旧看见她就发怵，她还能够很严重地伤害我。”

“那你是怎样逃出来的？”玛蒂尔达问道。

“啊，”亨尼小姐说，第一次露出微笑，“那是两年以前，这是我最大的胜利。”

“请讲给我听吧。”玛蒂尔达说。

“我一向早起，趁我姨妈还在睡觉的时候去散散步。”

亨尼小姐说，“有一天我走过这座小农舍，它是空的。我打听出这农舍的主人是一个农民。我去看他，农民起得也很早，正在挤牛奶。我问是不是可以租他的农舍。‘那里你没法住的！’他叫起来，‘它没有生活设施，没有自来水，什么也没有！’”

“‘我想住在那里，’我说，‘我是一个罗曼蒂克的人，我爱上它了。请把它租给我吧。’”

“‘你疯了。’他说，‘不过你如果一定要租，很欢迎你去住。房租就十个便士一星期吧。’”

“‘这是预付的一个月的房租。’我交给他四十个便士说，‘太谢谢你了！’”

“多么了不起！”玛蒂尔达叫起来，“这样一下子你就有了自己的家！不过你是怎么鼓起勇气对你姨妈说的呢？”

“那很难办，”亨尼小姐说，“但是我铁了心对她说。一天晚上，我把她的晚饭做好以后，上楼去把我的几件东西收拾在一个纸板箱里，下楼说我要走了。‘我租了个房子。’我说。”

“我的姨妈发火了。‘租了个房子！’她大叫道，‘你一

星期只有一英镑，怎么租房子？'"

"'我租成了。我说。'"

"'那你怎么买吃的？'"

"'我能对付。'我咕哝了一声，奔出了前门。"

"噢，你做得好！"玛蒂尔达叫道，"那么你终于自由了！"

"我终于自由了。"亨尼小姐说，"我真没法告诉你这有多好！"

“靠一星期一英镑的钱，你真能在这里住上两年吗？”玛蒂尔达问道。

“我当然做到了。”亨尼小姐说，“我付掉十便士房租，其余的钱买打气炉和汽油灯用的汽油，买点牛奶、茶叶、面包和人造牛油。我需要的其实就只有这些。正如我告诉过你的，在学校吃午饭时我吃得饱饱的。”

玛蒂尔达看着她。亨尼老师做了一件多么大无畏的事情啊！她一下子成了玛蒂尔达心目中的英雄。“冬天这里冷得不可怕吗？”她问道。

“我有我的小打气炉。”亨尼小姐说，“你可能感到奇怪，我能让它使这里变得这样温暖。”

“你有床吗，亨尼小姐？”

“没有。”亨尼小姐说，又微笑起来，“不过他们说，睡在硬板上对健康是非常有益的。”

整个处境玛蒂尔达马上一目了然了。亨尼小姐需要帮助，她不能无限期地这样生活下去。“如果你放弃这个工作去领取失业救济金，”玛蒂尔达说，“你的生活还会好得多。”

“我永远不会这样做，”亨尼小姐说，“我爱教书。”

“这个可怕的姨妈，”玛蒂尔达说，“我想她仍旧住在你那座可爱的老房子里吧？”

“是的。”亨尼小姐说，“她只有五十岁左右。她还要住很久。”

“你认为你爸爸真想让她永远占有那座房子吗？”

“我完全肯定他没有这个意思。”亨尼小姐说，“做父母的通常给予监护人一定期限的托管权，但几乎都是只把孩子托他管理。等到孩子长大成人，房子就成为孩子的财产了。”

“那么房子当然是你的啦？”玛蒂尔达说。

“我爸爸的遗嘱始终没有找到，”亨尼小姐说，“它好像被什么人销毁了。”

“这个人不用去猜。”玛蒂尔达说。

“是不用猜。”亨尼小姐说。

“不过即使没有遗嘱，亨尼小姐，这房子自然也是你的。你是最近的亲属。”

“我知道我是，”亨尼小姐说，“但是我姨妈拿出了一张字据，说是我爸爸写的，上面说他把这房子留给妻妹，作为对她好心照顾我的报答。我断定它是伪造的，但是没有人能够证明。”

“你不能试一试吗？”玛蒂尔达说，“你不能请一位好律师，跟她打一场官司吗？”

“我没有钱请律师，”亨尼小姐，“而且你必须记住，我的这个姨妈在社会上是一个十分受尊敬的人。她有很大的影响。”

“她是谁？”玛蒂尔达问道。

亨尼小姐犹豫了一下，接着她轻轻地说：“特朗奇布尔小姐。”

三个名字

“特朗奇布尔小姐！”玛蒂尔达大叫一声，蹦起一英尺高，“你是说她就是你的姨妈？是她把你带大的？”

“是的。”亨尼小姐说。

“怪不得你害怕了！”玛蒂尔达叫道，“那天我们看到她抓住一个小姑娘的辫子，把她抡过操场的铁丝网。”

“你还没有把她做的事都看到呢。”亨尼小姐说，“我爸爸死了以后，我才五岁半，她总是让我自己洗澡。如果她走过来，认为我洗得不够干净，会把我的头按到水里去不放。不过别让我讲起她常做的事了，那对我们根本没有用处。”

“没有用处，”玛蒂尔达说，“是没有用处。”

“我们到这里来是要谈谈你的事，”亨尼小姐说，“可是我一直光顾着谈我自己的事了。我觉得自己像一个傻瓜。我更感兴趣的是，你用你那双神奇的眼睛能做出多少事来。”

“我能够移动东西，”玛蒂尔达说，“我知道我能够，我能够把东西推翻。”

“你看怎么样，”亨尼小姐说，“我们来做些小心的试验，看你能够移动和推动到什么程度？”

没想到玛蒂尔达说：“如果你不介意，亨尼小姐，我想我还是不做了吧。我现在想回家去仔细想想我今天下午听到的事情。”

亨尼小姐马上站起来。“当然，”她说，“我把你在这儿留得太久了，你的妈妈会担心的。”

“她从来不担心。”玛蒂尔达微笑着说，“只是你如果不介意，我现在想回家了，对不起。”

“那么走吧，”亨尼小姐说，“我很抱歉给你喝这么差的茶点。”

“根本不是这样，”玛蒂尔达说，“我喜欢它们。”

她们两个闷声不响地一直走到玛蒂尔达的家。亨尼小姐感觉到玛蒂尔达不想说话。这孩子似乎只顾埋头想心事，路也难得看。到了她家的院门口，亨尼小姐才说：“你最好

忘掉我今天下午给你讲的所有事情。”

“这一点我不答应。”玛蒂尔达说，“不过我答应再也不把这件事讲给任何人听，甚至对你也不提。”

“我想这样做是聪明的。”亨尼小姐说。

“只是我不答应不再想它，亨尼小姐。”玛蒂尔达说，

“从你的农舍出来，一路上我都在想这件事。我相信我已经想出点小小的主意了。”

“你千万不要再去想，”亨尼小姐说，“请忘掉它吧。”

“在我不再提这件事之前，我想最后问你三个问题。”玛蒂尔达说，“请问你肯回答它们吗，亨尼小姐？”

亨尼小姐微笑着。她想：“太稀奇了，这个小不点好像一下子对她的事情负起了责任，而且那么不容置疑。”“好吧，”她说，“这要看你问的是什么了。”

“第一个问题是，”玛蒂尔达说，“过去在你们家，特朗奇布尔小姐叫你的爸爸什么？”

“我断定她叫他马格纳斯，”亨尼小姐说，“那是他的名字。”

“那么，你的爸爸叫特朗奇布尔小姐什么呢？”

“她的名字叫阿加莎，”亨尼小姐说，“他自然叫她这个名字。”

“最后，”玛蒂尔达说，“在家里，你的爸爸和特朗奇布尔小姐叫你什么呢？”

“他们叫我珍妮。”亨尼小姐说。

玛蒂尔达十分认真地默记了这三个回答。“让我来说一遍，肯定一点也没记错。”她说，“在你们家，你的爸爸叫马格纳斯，特朗奇布尔小姐叫阿加莎，你叫珍妮。我说得对吗？”

“说得对。”亨尼小姐说。

“谢谢你。”玛蒂尔达说，“现在我再也不提这件事了。”

亨尼小姐不知道这孩子在动什么脑筋。“不要做任何傻事。”她说。

玛蒂尔达哈哈笑着转过身，沿着小径向她家前门跑去，一边跑一边叫：“再见，亨尼小姐！多谢你的茶点。”

练　习

玛蒂尔达照常看到家里空空的一个人也没有。她的爸爸还没有下班，她的妈妈去玩宾戈还没有回来，她的哥哥大概上什么地方去了。她径直走进客厅，拉开她爸爸放着一盒雪茄的餐具柜抽屉，拿出一枝雪茄，带着它上楼回自己的卧室，关上了房门。

她对自己说，现在开始练习吧。事情不好办，不过我决定去做。

她搭救亨尼小姐的计划在心中开始美美地形成了。现在连细节她都想好了，但最后是否成功，那全看她的眼力是不是能做成一件非常特别的事情了。她知道自己一下子做不到，但她很有信心，只要多练习多努力，最后一定能做到的。雪茄必不可少，它也许比她所想要的稍微粗了一点，但分量差不多，用它来做练习正好。

在玛蒂尔达的卧室里有一张小梳妆台，上面放着她的

头发刷子和梳子，还有图书馆借来的两本书。她把这些东西移到一边，把雪茄放在当中，接着她走开，坐到她那张床的床尾上。现在她离开雪茄约十英尺。

她定下心来开始凝神贯注，这一次很快她就感觉到头脑里开始充电了，它集中到眼睛后面，眼睛发热了，几百万只看不见的小手像火星似的射向雪茄。“移动它！”她悄悄说。使她大为吃惊的是那支雪茄连同它当中的那个金色纸箍几乎马上就滚过梳妆台面，落到了地毯上。

玛蒂尔达对这件事大为得意，做这件事太舒服了，只觉得火星在她的脑袋里转啊转，接着从她的眼睛里射出来。她有一种几乎是玄妙的力的感觉。这次这么快！这么简单！

她穿过卧室去捡起雪茄，把它重新放在梳妆台上。

“现在做最难做的一部分了。”她想，“如果我有力量推动它，那么我一定也有力量举起它吧？学会举起它是性命攸关的。我必须学会把它举起来，让它悬空停在那里。一

支雪茄又不是很重的东西。”

她坐在床尾上，从头再来。现在她很容易就能把力量集中到眼睛后面，就像在脑子里扣动扳机一样。“举起它！”她悄悄地说，“举起它！举起它！”

雪茄起先开始滚动，但接下来随着玛蒂尔达凝神用力，它的一头慢慢地抬起，离开桌面约一英寸。她更用力，使它就这样悬了约十秒钟，接着它又落下了。

“嘘！”她吐了口气，“我做到了！我开始做到了！”

玛蒂尔达不停地练习了约一个钟头，最后她用她奇异的眼力已经能够把整支雪茄举起离梳妆台面大概六英寸，悬空约一分钟。接下来她一下子精疲力竭，在床上一倒下就睡着了。

傍晚她妈妈回家找到她时，她就是这个样子的。

“你怎么啦？”妈妈把她叫醒问，“你病了吗？”

“噢，”玛蒂尔达说着坐起来向四周看，“没有，我很好。我只是有点累罢了。”

从此以后，每天下课回家，玛蒂尔达就把自己关在她的房间里用雪茄做练习。事情很快就以最奇怪的方式渐渐做到了。六天以后，在星期三的一个傍晚，她已经不但能

使雪茄停在空中，而且能使它完全照她的意思移动。“太棒了，我做到了！”她叫道，“我真做到了！用我的眼力我就能把雪茄提起来，照我的意思在空中随意推动它！”

现在她要做的就是使她的伟大计划付诸行动。

第三个奇迹

第二天是星期四，亨尼小姐的学生都知道，这一天午饭后校长要来上第一堂课。

亨尼小姐上午就对大家说："上次校长来上课，你们有一两位同学弄得不太愉快，那么今天让我们大家设法特别小心和聪明一点儿。埃里克，上次被特朗奇布尔小姐捏过以后，你的耳朵怎么样了？"

"她把它们使劲地拉长，"埃里克说，"我妈妈说，她肯定它们比原先长了。"

"那么鲁珀特呢，"亨尼小姐说，"我很高兴地看到，在上星期四以后你的头发一根也没少。"

"只是那以后我的头痛得可厉害了。"鲁珀特说。

"还有你，奈杰尔，"亨尼小姐说，"今天请你千万别对校长样样自作聪明了，上星期你对她实在没有礼貌。"

"我恨她。"奈杰尔说。

“尽量不要那么明显地表示出来，”亨尼小姐说，“这没有好处。她非常强壮，她的肌肉像钢缆一样。”

“我盼望自己长大成人，”奈杰尔说，“我就能把她打倒了。”

“我怕你不能，”亨尼小姐说，“还没有人曾经打败过她。”

“今天下午她会考我什么呢？”一个小女孩问道。

“几乎可以肯定，是三的乘法表。”亨尼小姐说，“这是你们上星期要学的，你们一定要会。”

午饭时间到来了，又过去了。

午饭一过，同学们集合在教室里，亨尼小姐站在教室一边，大家心惊胆战地静静坐着等待。接着人高马大的特朗奇布尔，像个凶神恶煞似的，穿着她的绿裤子和布罩衫，迈着大步走进教室。她径直走到那壶水跟前，抓住把手把水壶举起来往里面看。

“我很高兴地看到，”她说，“这一回我的饮用水里没有那种细长的鬼东西了。如果有，这一班每个人都要倒大霉，包括你，亨尼小姐。”

全班一声不响，非常紧张。他们对这母老虎如今已经有点数了，没有人存一点儿侥幸心理。

“很好。”特朗奇布尔咆哮着，“让我们来看看你们三的乘法表学得怎么样。或者换句话说，让我们来看看你们的亨尼小姐三的乘法教得糟到什么地步。”特朗奇布尔站在全班面前，叉开双腿，手捂着屁股，怒视着一声不响站在一旁的亨尼小姐。

玛蒂尔达坐在第二排她的课桌椅上一动不动，仔细地看着。

“你！”特朗奇布尔举起擀面杖大小的一个手指，指住一个叫威尔弗雷德的男孩。威尔弗雷德坐在第一排最右边。“你站起来！”她对他叫道。

威尔弗雷德站起来了。

“把三的乘法表倒背一遍！”特朗奇布尔厉声说。

“倒背？”威尔弗雷德结结巴巴地说，“可是我没有倒背过。”

“捉住你了！”特朗奇布尔得意地叫道，“她什么也没有教会你！亨尼小姐，为什么你上星期什么也没有教会他

们？”

“不是这样的，校长，”亨尼小姐说，“他们都学会了三的乘法表。但是我觉得没有必要倒过来教。不管什么也没有必要倒过来教。整个生活的目的，校长，都是向前的。恕我斗胆问一句，即使是你，举个例子来说吧，能一下子倒过来拼‘错误’这样一个简单的字吗？我很怀疑你能拼出来。”

“你别对我无礼，亨尼小姐！”特朗奇布尔厉声说，接着重新向倒霉的威尔弗雷德转过脸去。“很好，小家伙，”她说，“你回答我这个问题。我有七个苹果、七个橘子和七只香蕉，我一共有多少个水果？快回答！算吧！把答案告诉我！”

“那是加法！”威尔弗雷德叫道，“不用三的乘法表。”

“你这个头号白痴！”特朗奇布尔叫道，“你这个齿龈脓肿！你这个跳蚤咬的肿块！它是用三的乘法表！你有三堆水果，每一堆是七个，三乘七是二十一，你看不出来吗？你这个臭水坑！我再给你一个机会。我有八个鸡蛋、八个鸭蛋、八个像你那样的傻瓜蛋，我一共有多少个蛋？赶快回答我。”

可怜的威尔弗雷德真吓慌了。“等一等，”他叫道，“请等一等！我得先把八个鸡蛋和八个鸭蛋加起来……”他开始数手指。

“你这个破了的水疱！”特朗奇布尔哇哇大叫，“你这个臭蛆！这不是加法！这是乘法！答案是三乘八！或者是八乘三吧？三乘八和八乘三有什么区别？告诉我，你这个给猪吃的小甜菜，可小心点！”

这时候威尔弗雷德太害怕了，给闹糊涂了，连话也说不出来了。

特朗奇布尔两步就走到他身边，使出惊人的体育招数，可能是柔道或者空手道，用她的一只脚在威尔弗雷德的双腿后面一扫，那男孩猛地离地空翻，才翻到一半，她又一把抓住他的一只脚踝，把他倒提着像商店橱窗里一只拔光了毛的鸡那样晃来晃去。

“八乘三，”特朗奇布尔就这样抓住威尔弗雷德的脚踝把他倒提着摇过来摇过去，大叫着说，“八乘三和三乘八都一样，三乘八是二十四！照说一遍！”

就在这时候，坐在教室另一头的奈杰尔突然跳起来，激动地指着黑板尖叫：“粉笔！粉笔！瞧粉笔！它完全自己在动！”

奈杰尔的尖叫声是那么歇斯底里和刺耳，在场所有的人，包括特朗奇布尔在内，都抬头向黑板看过去。一点不假，一支崭新的粉笔正靠近黑板的表面悬空跳动着。

“它在写字！”奈杰尔尖叫，“粉笔在写字！”

它真的在写字：

“阿加莎……”

“真该死，这是怎么回事？”特朗奇布尔大叫。她看到自己的名字被一只看不见的手这样写出来，吓了个半死。她放了手，让威尔弗雷德扑通落到地板上。接着她也不针对任何人，哇哇大叫说："是谁在这样干？是谁在写字？"

粉笔继续往下写：

"阿加莎，我是马格纳斯，我是马格纳斯。"

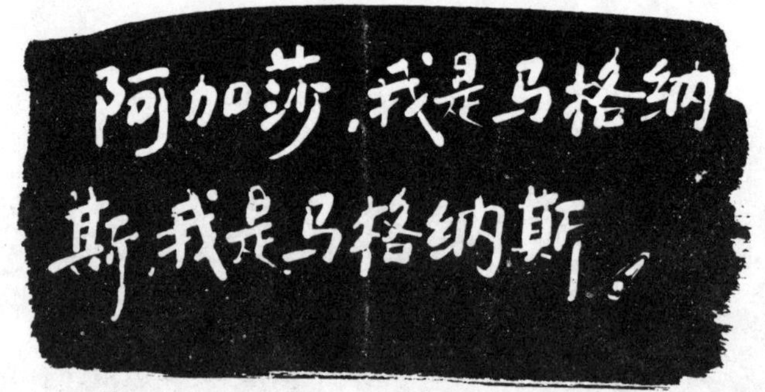

教室里所有的人听到特朗奇布尔喉咙里发出的喘气声。"不！"她叫道，"不可能！这不可能是马格纳斯！"

粉笔写下去：

"我是马格纳斯，你还是相信吧。"

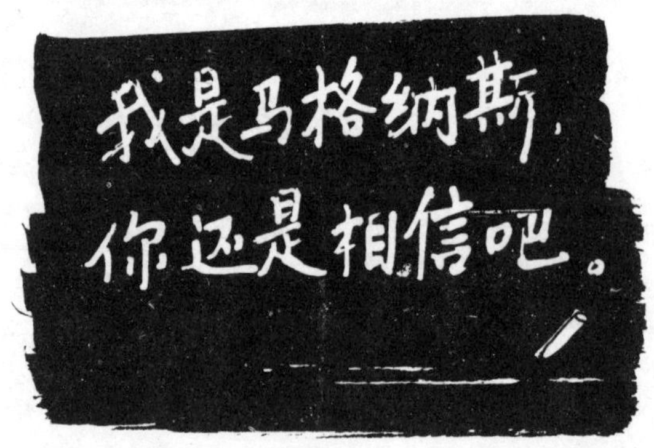

在教室一边的亨尼小姐很快地看了看玛蒂尔达。这孩子直挺挺地坐在她的课桌椅上，头高抬，嘴唇紧闭，眼睛像两颗星星在闪烁。

粉笔在写：

“阿加莎，把我的珍妮的房子还给她。”

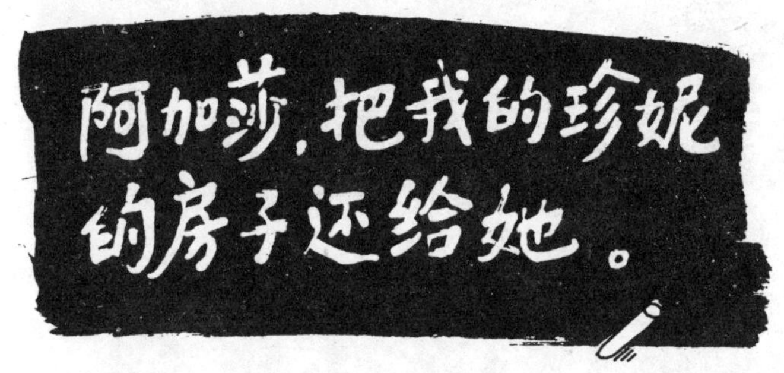

现在所有的人都盯住了特朗奇布尔看。这女人的脸变得和雪一样白，嘴一张一闭像一条大比目鱼离开了水，发出连续的窒息般的喘气声。

“把我的珍妮的薪水还给她。把我的房子还给她。然后你离开这里。如果你不听，我一定要来杀你。我一定要来杀你，就像你当时杀我一样。我时刻盯住你，阿加莎！”

粉笔写完了。它跳了几跳，接着忽然吧嗒一声落在地

板上，断成两半。

把我的房子还给她
然后你离开这里，如果
你不听，我一定要来杀你，
我一定要来杀你，就像你
当时杀我一样，我时刻
盯住你，阿加莎！

已经溜回前排坐下的威尔弗雷德尖叫道:“特朗奇布尔小姐倒下来了!特朗奇布尔小姐倒在地板上!”

这是最惊人的消息,全班同学都从座位上跳起来要好好看看。校长巨大的身躯脸朝上直挺挺地横躺在地板上,像被击倒的拳击手那样等着裁判员数数。

亨尼小姐跑上前来,在这平躺的巨人身边跪下。“她昏过去了!”她叫道,“她身上都凉了!什么人快去把校医马上请来。”三个小朋友跑出了教室。

时刻准备着行动的奈杰尔跳起来,抓住那大水壶。“我爸爸说过,凉水是使昏倒的人醒来的最好办法。”他说着把整壶水全浇到了特朗奇布尔的头上。所有人,连亨尼小姐都不反对。

至于玛蒂尔达,她仍旧一动不动地坐在她的位子上。她正感到出奇得兴高采烈,她感到好像触摸到什么不属于这个世界的东西,天空的最高点,最远的星星。她曾经极美妙地感觉到那股力在她的眼睛后面振荡,像热水那样在她的头颅里汹涌。她的眼睛变得灼热,比以前任何一次更热,那股力冲出她的眼窝,接着粉笔自己腾空写字。她好

像什么事也没有做，一切是那么轻而易举。

女校医，后面紧跟着五位老师——三位女老师和两位男老师，奔到教室里来。

“天啊，终于有人摆平她了！”其中一位男老师笑着

说，“祝贺你，亨尼小姐！”

“是谁把水泼在她头上的？”女校医问道。

“是我。”奈杰尔得意地说。

“做得好。”另一位老师说，“我们要再去弄些水来吗？”

“算了。”女校医说，“我们得把她抬到医务室去。”

五位老师加上女校医一起动手，才总算把这女巨人抬了起来，踉踉跄跄地把她抬出了教室。

亨尼小姐对全班说：“我想你们大家最好到外面操场上去玩玩，等上下一堂课。”接着，她走到黑板旁边，小心地把上面所有的粉笔字擦掉。

孩子们开始排队走出教室。玛蒂尔达动身和他们一起走，但是走过亨尼小姐身边时停了一下。她闪亮的眼睛遇到了老师的眼睛。亨尼小姐跑上来用力地拥抱这小姑娘，给了她一个吻。

新的家

那天稍晚些时候，一个消息开始传开，说校长已经从昏迷中醒来，随即大踏步离开学校，嘴唇抿紧，脸色发白。

第二天早晨她没有到学校来。吃中饭时候代理校长特里尔比先生打电话到她家，想问她是不是不舒服，但是没有人接电话。

下课后特里尔比先生决定去看看她。他来到村边特朗奇布尔小姐的家，那座被称为“红房子”的乔治王朝时期风格的可爱的小红砖房，隐藏在山冈后的林子里。

他按门铃，没有人回答。

他很响地敲门，没有人回答。

他叫起来：“有人在家吗？”没有人回答。

他试着开门，使他大为惊讶的是，门没有锁，他走进去了。

屋里很静，没有人，但所有的家具都原封未动。特里

尔比先生上楼到大卧室，这里一切似乎也正常，直到他拉开抽屉打开衣橱看，才发现哪儿也看不见没有衣服、内衣，也没有鞋子，什么都没有了。

特里尔比先生对自己说，她逃走啦。于是回去报告学校当局，说校长失踪了。

第二天早晨，亨尼小姐收到一封挂号信，是一家地方律师事务所寄来的，告诉她说，她的已故父亲亨尼医生的遗嘱忽然神秘地出现了。这份文件说明，在她的父亲去世之后，亨尼小姐事实上已经成为村边那座被称为“红房子”的物业的合法所有人。那房子一直都被一位阿加莎·特朗奇布尔小姐占用着。遗嘱还表明，她父亲生前的积蓄——它幸亏仍旧安然存在银行里——也是留给她的。律师的信还加上一句，说亨尼小姐如能尽早光临事务所，物业和款项将很快就转到她的名下。

亨尼小姐照此办理，两个星期就搬进了“红房子”。她正是在这里出生和长大的，幸好那里所有的家具和画仍旧原封未动。从那以后，玛蒂尔达成了“红房子”最受欢迎的客人，每天傍晚下课以后都到那里去，在老师和这位小姑娘之间建立起极其亲密的友谊。

再回过头来说学校，它也发生了巨大的变化。一明确特朗奇布尔小姐完全不知去向以后，优秀的特里尔比先生便被委任为校长代替她。不久，玛蒂尔达也被升到了最高一班，那一班的普林索尔小姐一下子就发现，这惊人的女孩正如亨尼小姐说的那样聪明，一点儿也不假。

几星期后的一天傍晚，玛蒂尔达和亨尼小姐放学后照常在“红房子”的厨房里吃茶点，玛蒂尔达忽然说：“我发现了些怪事，亨尼小姐。”

“把它告诉我吧。”亨尼小姐说。

“今天早晨，”玛蒂尔达说，“我只是为了好玩，想用我的眼睛推翻什么东西，可是办不到，什么东西也没动。我甚至感觉不到我眼球后面发热，这股力消失了，我想我已经完全丧失它了。”

亨尼小姐在一片黑面包上抹上牛油和草莓酱。“我早预料到这种事情会发生。”她说。

“是吗？为什么呢？”玛蒂尔达问道。

“这个嘛，”亨尼小姐说，“也只是一种猜测，但我是这

么想的。你在我那班里的时候无事可做，不必用功，你那十分巨大的脑子于是无聊得发慌。它在你的脑袋里就发疯似的毕毕剥剥沸腾，大量的热能困在你的脑袋里无处发泄，可也不知怎么搞的，你能通过眼睛把它放出来使东西移动。现在情况不同了，你在最高一班要和岁数比你大一倍的孩子比赛，于是所有的智能都在班上用去了。你的脑子第一次需要大动特动，真正忙个不停，这是件好事。不过告诉你，我这只是推测，也可能很愚蠢，但是我认为离事实不会太远。”

“我很高兴这种事情发生了，”玛蒂尔达说，“我不想一辈子做个奇迹创造者。”

“你已经做够了。”亨尼小姐说，“我还是很难相信，你是为了我使这些事情发生的。”

玛蒂尔达坐在厨房桌子旁边的高凳子上慢慢地吃着她的果酱面包。她实在太喜欢和亨尼小姐在一起过的这些傍晚了。有亨尼小姐在，她觉得十分舒服，她们两个人是平等地相互交谈的。

“你知道吗？”玛蒂尔达忽然说，“老鼠的心跳是每秒钟六百五十次。”

“这我倒不知道，”亨尼小姐微笑着说，“的确使人吃惊。你是从哪儿读到的？”

“在图书馆借来的一本书里。”玛蒂尔达说，“这就是说，跳得太快了，就听不到一下一下的心跳声了。听起来准是一片嗡嗡响。”

“准是这样。”亨尼小姐说。

“你想刺猬的心跳又有多快呢？”玛蒂尔达问道。

“告诉我吧。”亨尼小姐又微笑起来说。

“没有老鼠快，”玛蒂尔达说，“是一分钟三百次。可是即使这样，一只行动那么慢的动物你不会想到它的心跳会这么快的，对吗，亨尼小姐？”

“我当然想不到。”亨尼小姐说，“再给我讲一样动物吧。”

“比方马，”玛蒂尔达说，“那可真慢，一分钟只跳四十次。”

亨尼小姐心里说，这孩子好像对什么都有兴趣。和她在一起生活，不会感到乏味。我喜欢这样的生活。

两个人坐在厨房里谈了一个多钟头。六点左右，玛蒂尔达说过晚安，就回家去了。到爸爸妈妈的房子只要走八分钟，当她来到院子门口时，她看见一辆梅塞德斯牌大型黑汽车停在外面。她没有怎么注意，她爸爸这儿常常有奇怪的汽车停着。但是她一进屋，只见面前是乱七八糟的一片。她的妈妈和爸爸都在门厅里，正发疯似的把衣服和各种各样的东西塞进手提箱。

“这是在干什么呀？”她叫道，“出了什么事啦，爸爸？”

“我们要出门。”沃姆伍德先生头也不抬地说，“我们在半小时内就要赶去飞机场，因此你最好马上去收拾东西。去吧，小丫头！去收拾吧！”

“出门？”玛蒂尔达叫道，“上哪儿去？”

“西班牙。”爸爸说，“那里气候比这个糟糕的国家要好得多。”

“西班牙！”玛蒂尔达叫道，“我不要去西班牙！我爱这里，我爱我的学校！”

“叫你做什么你就做什么，别抬杠了。”爸爸很凶地说，“有你我已经够烦的啦！”

“不过爸爸……”玛蒂尔达还要说。

“闭嘴！”爸爸叫道，“我们还有三十分钟就要走！我不想误掉那班飞机！”

“不过去多久啊，爸爸？”玛蒂尔达叫道，“我们什么时候回来呀？”

“我们不回来了。”爸爸说，“先滚开！我正忙着！”

玛蒂尔达一转身离开他，走出打开的前门。她一到路上撒腿就跑，一直跑回亨尼小姐家去，不到四分钟就到了。她飞也似的沿着车道奔，忽然看见亨尼小姐在前面花园里，拿着一把园艺大剪刀，站在一个玫瑰花坛当中正在干活。亨尼小姐已经听到玛蒂尔达跑过石子路的脚步声，这时候直起腰转过身子走出花坛。

“天啊，天啊！”亨尼小姐说，“出什么事啦？”

玛蒂尔达站在她面前气都喘不上来，小脸通红。

“他们要走了！”她叫道，“他们全都疯了，正把东西塞进他们的手提箱，要在三十分钟内上西班牙去！”

“你说谁？”亨尼小姐轻轻地问。

“妈妈、爸爸和我哥哥迈克尔，他们说我也要和他们一起去！”

“你是说去度假吗？”亨尼小姐问道。

“去一辈子！”玛蒂尔达叫道，“爸爸说我们永远不再回来了！”

沉默了一会儿，接着亨尼小姐说：“其实我不怎么觉得奇怪。”

“你是说，你知道他们要走？”玛蒂尔达叫道，“你早先为什么不告诉我？”

“不，亲爱的，”亨尼小姐说，“我不知道他们要走。但是这个消息还是不让我吃惊。”

“为什么？”玛蒂尔达叫道，“请告诉我为什么。”她跑得太急，再加上受到惊吓，气喘还没有平息下来。

“因为你的爸爸，”亨尼小姐说，“和一帮坏人勾搭上了。村里人人都知道。我猜想他收购从全国各地偷来的汽车。他深深地陷进去了。”

玛蒂尔达张大了嘴巴看着她。

亨尼小姐说下去：“他们把偷来的汽车送到你爸爸的汽车行，他换掉汽车牌照，把车身喷成别的颜色，如此等等。现在大概有人把他告发了，警察要来找他，他和所有他们那种人的做法一样，逃到西班牙去，到了那里就捉不到他了。多年来他一直把钱汇到那里去，一切都准备好了，就等着他去那里。”

久经风雨的有着高高烟囱的红砖房前面有一片大草地，她们站在那里，亨尼小姐一只手仍旧拿着那把园艺大剪刀。

这是一个温暖的金色黄昏，一只紫色鹩哥在附近什么地方鸣啭。

“我不愿意和他们一起去！”玛蒂尔达忽然叫道，“我不和他们一起去。”

“我怕你必须去。”亨尼小姐说。

“我想和你住在这里。”玛蒂尔达叫出来，“请让我和你住在这里吧！”

“我希望你能和我住在一起，”亨尼小姐说，“不过我怕办不到。你不能想要离开你的父母就离开你的父母。他们有权把你带走。”

“但如果他们同意呢？”玛蒂尔达急切地叫道，“如果和他们说好了，我就能和你在一起了吗？那么你肯让我和你住在一起吗？”

亨尼小姐轻轻地说：“是的，那就再美满不过了！”

“嗯，我认为他们会同意的！”玛蒂尔达叫道，“我真的认为他们会同意的！他们实际上一丁点儿也不在乎我！”

“别急。”亨尼小姐说。

“我们得急！”玛蒂尔达叫道，“他们随时会走！快

来！”她抓住亨尼小姐的手，说：“请和我一起去问问他们！不过我们得快！我们得跑着去！”

紧接着，她们

两个已经一起在车道上跑起来，很快跑到了大路上。玛蒂尔达抓住亨尼小姐的手腕拉着她跑。她们沿着村路狂奔，穿过村子，一直来到玛蒂尔达的爸爸妈妈的房子。梅塞德斯牌大型黑汽车还在门外，这时候它后面的行李箱和所有的车门都打开了。玛蒂尔达和亨尼小姐奔到时，沃姆伍德先生和太太以及哥哥正在汽车旁边像蚂蚁般乱钻，把一个个手提箱塞进去。

“爸爸，妈妈！”玛蒂尔达上气不接下气地叫起来，“我不想和你们一起去！我要留在这里跟亨尼小姐住在一起。她说只要你们同意，我可以留下来的！请同意吧！说吧，爸爸，说同意吧！说同意吧，妈妈！”

爸爸转过头来看亨尼小姐。“你就是有一次到这里来看我的那位女老师，对吗？”他说，紧接着他又继续往汽车里塞手提箱。

他的妻子对他说：“这一个得放在后座上，后面行李箱已经放不下了。”

“我很愿意玛蒂尔达留下和我在一起。”亨尼小姐说，“我会用爱心照顾她的，沃姆伍德先生，一切费用由我来付。她不会花你一分钱。但这不是我的主意，这是玛蒂尔达的主意。但不得到你们完全乐意的应允，我是不会答应抚养她的。”

“来吧，哈里，”妈妈说着把一个手提箱推进后座，“既然是她想这样，我们干吗不放她走呢？这样就少养一个了。”

“我在忙着呢，”爸爸说，“我要去赶飞机。如果她要留下，那就让她留下吧，对我来说再好不过了。”

玛蒂尔达一下子跳到亨尼小姐的怀里，抱住她。亨尼小姐也抱住了她。接着妈妈、爸爸和哥哥进了汽车，汽车轮胎滋滋响着开走了。哥哥从后车窗招手，但是其他两个连头也不回过来看一看。亨尼小姐依旧抱着这小姑娘，她们两个都一声也不吭地站在那里，看着那辆黑色的大轿车在远远的公路尽头拐了一个弯，便再也看不见了。